Die Teufelssekte

Anmerkungen des Autors:

Die Geschichte ist frei erfunden.
 Viele ihrer Elemente haben jedoch einen realen Hintergrund. Die Grabschändung in Arico hat es gegeben, genauso wie den hässlichen Mord an einer alten Engländerin im Süden der Insel. Auch der Versuch eines Massensuizids unter Anstiftung der Sektenführerin Heike Fittkau-Garthe entspricht den Tatsachen.
In Candelaria hat man schon mehrfach die Jesusfigur aus der Krippe gestohlen, und das Sektenunwesen auf Teneriffa ist Realität.
 Die Feierlichkeiten an Silvester und zum Tag der Heiligen Drei Könige, die Beschreibung von Wegen und Örtlichkeiten sowie Restaurants und ihrer verlockenden Speisenkarten haben einen realen Hintergrund und machen hoffentlich Lust auf die Überraschungen der Frühlingsinsel.
 Mein Dank gebührt Frau Ingrid Wilkening, die meine Schreiblust mit ihrer Lektoratsarbeit positiv kritisch begleitete.

Volker Himmelseher

Die Teufelssekte

Teneriffa-Krimi

Bibliografische Information der Deutschen Nationalbibliothek
Die Deutsche Nationalbibliothek verzeichnet diese Publikation
in der Deutschen Nationalbibliografie; detaillierte bibliografische
Daten sind im Internet über http://dnb.d-nb.de abrufbar.

© 2016 Volker Himmelseher
Umschlagbild: © Leo Lintang Fotolia.com
Umschlagdesign, Satz, Herstellung und Verlag:
BoD – Books on Demand
ISBN 978-3-7412-4875-7

1.

Ramón nahm mit dem Wagen die letzte Kurve in seine Garage und war froh, zu Hause zu sein.

Mit dem wachen Blick des Polizisten schaute er sich um. Was war das denn? Am Heck des Wagens seiner Frau Teresa hatte ihn stets ein kleiner Aufkleber – Baby an Bord – angelacht. Er galt seiner Tochter Mercedes, die sein Ein und Alles war. Nun war das Schild fort! Teniente Coronel Martin ging rasch die Treppe hinauf und lauschte nach oben. Es war ungewohnt still. Er hörte nichts von dem fröhlichen Gekrähe und Geplapper, das Mercedes ins Haus gebracht hatte. Unbehagen beschlich ihn. Wo waren nur seine beiden »Frauen«?

Als er ins Wohnzimmer kam, saß Teresa allein im Sessel. Ein trauriger Blick heftete sich auf ihn.

Ihre schönen dunklen Augen zeigten keine Freude. Mercedes ist nicht bei ihr, registrierte er.

Die schon rituelle Eifersucht konnte ihn heute also nicht plagen, die aufkam, wenn das Töchterchen bei seinem Kommen am Rockzipfel der Mutter verharrte und ihn nur anlächelte.

Mercedes brauchte ihre Mutter, außer sie schlief.

Ihre übliche Schlafenszeit war aber längst vorbei.

»Wo ist unser Schatz?«, fragte er noch, bevor er Teresa küsste.

»Mercedes ist bei Ana, denn ich muss mit dir reden«, antwortete sie brüsk.

Ana war Teresas beste Freundin und sprang immer mal wieder beim Kinderhüten ein, wenn Not an der Frau war. Er ahnte mit einem Mal, dass es heute zu dem Disput kommen würde, den er schon länger erwartete. Ramóns Besorgnis wuchs.

Er unternahm den Versuch, den Streit zu verhindern, küsste Teresa als Friedensangebot auf den Mund und sagte: »Ich liebe dich!«

Für einen Moment glaubte er, sein Plan ginge auf, doch dann wandte sich seine Frau abrupt von ihm ab.

»Lass das«, sagte sie rau. »Ich weiß das, aber es ist mir nicht genug. Ich erwarte einfach mehr vom Leben.«

Ein Glas Wasser verschwand genauso schnell in ihrem Mund, wie der verletzende Satz gefallen war. Teresa war eindeutig wütend.

Ramón beschloss in der Defensive zu bleiben, bis Teresa sich ein wenig beruhigt hatte. Aber sie tat ihm den Gefallen nicht. Sie war in Fahrt und blieb dabei. Angriff war die beste Verteidigung! Sie legte also nach: »Du weißt, wie wichtig mir meine Freiheit ist und wie schwer es mir deshalb fiel, unserer Heirat zuzustimmen. Meine Vorbehalte erwiesen sich als richtig. Ich bin nun durch Mercedes ans Haus gebunden und nicht mehr so frei, wie ich es für mich wünsche. Dein beharrliches Werben um mich hat zwar gesiegt, aber zulasten meiner Zufriedenheit.«

»Wie kannst du so etwas sagen? Ich wollte nicht siegen, sondern mit dir zusammenleben«, erwiderte er. Entrüstung schwang in seinen Worten mit.

»Zu viel Nähe kann entzweien«, konterte sie hartnäckig.

Nach kurzer Bedenkzeit strapazierte Ramón ein nur vermeintliches Zugeständnis: »Nun gut, ich muss zugeben, heute sind Mercedes und du die beiden wichtigsten Menschen in meinem Leben. Du musstest teilen lernen.«

Teresa protestierte: »Das geht an der Sache vorbei!« Sie erklärte ihre Sicht der Dinge: »Als ich noch ungebunden war, fühlte ich mich im Beruf anerkannt, fand Erfüllung darin, anderen Menschen zu helfen, und wurde von dir und anderen Männern als Frau bewundert. Nun bin ich zum ‚Kümmerer' für Mercedes und zu einer grauen Hausmaus mutiert.«

Ihr Mann sah sie fassungslos an.

Teresa fuhr unbeirrt fort: »Seit ich Mutter bin, sieht keinen Mann mehr in mir eine begehrenswerte Frau.«

Diese Analyse konnte Ramón nicht im Raum stehen lassen. Wie konnte die Frau, die er liebte, so gering über das denken, was er als gemeinsames Glück empfand?

»Wo bleibt dein Einfühlungsvermögen in die wirklich wichtigen Dinge des Lebens, mein Schatz?«, erwiderte er. »*Quien se acepta a sí mismo está preparado para perdonar a los demás.*« – Wer sich selbst akzeptiert, ist bereit, auch die anderen zu akzeptieren. »Liebe dich selbst, und deine Zufriedenheit wird zurückkommen.«

Teresa blieb bei ihrem Standpunkt: »Von wegen, liebe dich selbst! Von der aufstrebenden Akademikerin ist nichts übrig geblieben. Ich bin heute nur noch Señora Martin und Mutter, die bis vor kurzem gestillt hat und deren Lebensrhythmus ein Kind bestimmt«, antwortete sie.

Wie konnte sie Ramón nur klarmachen, dass sie den Verlust ihrer Freiräume als Schmerz empfand? Musste sie Schuldgefühle haben? Das tat sie schnell ab. Sie hatte sich doch nur noch verabscheut. Mit ihrem dicken Bauch während der Schwangerschaft hatte sie sich wie eine aufgeblähte Muttersau gefühlt, und die tumbe Glückseligkeit der anderen Mütter bei der Schwangerschaftsgymnastik konnte sie nie empfinden.

»Unser Kind ist das schönste und liebste Kind der Welt. Du hast Mercedes die meiste Zeit für dich. Genieße das! Wie schnell vergeht diese Freude. Mercedes ist heute schon ein Menschenkind mit eigenem Denken und Willen. Das geht so weiter, bis sie sich ganz abnabeln wird.«

Wehmütig dachte er an das rosa Bündel zurück, das auf der Entbindungsstation in eine Decke gewickelt hilflos im Kinderbettchen gelegen hatte. Mit ihren dunklen Ewigkeitsaugen hatte Mercedes ihn angesehen und verzaubert. Daran hatte sich bis heute nichts geändert. Er liebte sein Töchterchen so heftig wie Teresa! Wir sind doch ein starkes Trio, dachte er. Warum kann ein solches Glück nicht einfach nur glücklich machen? Seine Gedanken gingen zu Teresa zurück. Es hörte sich nur an, als habe sie Probleme, die meisten davon gab es gar nicht. Davon wollte er sie unbedingt überzeugen.

»So ist es doch gar nicht. So darfst du es nicht sehen. Erkenn doch endlich, wie stark wir als Team sind. Das muss auch so bleiben! Mit Mercedes und dem häuslichen Bereich sind nur zwei Felder hinzugekommen, die wir beackern müssen. *Wir,* sage ich ausdrücklich! Wir können uns gegenseitig alles anvertrauen und über alle Probleme reden. Das tun wir doch auch, oder nicht?«

Diese Frage ließ aus seiner Sicht nur ein klares Ja als Antwort zu. Er fuhr fort: »Auch bei beruflichen Problemen greife ich auf deinen Rat zurück. Die aufstrebende Akademikerin ist nicht verloren gegangen. Was wäre ich ohne dich? Du bist für mich mehr als ein Backoffice. Jeder auf dem Revier weiß um deine wertvolle Mithilfe. Was für eine gut aussehende Frau du bist, höre ich täglich mit Stolz. Frag doch meine Kollegen. Deine Figur ist heute schon wieder wie vor der Geburt, und du musstest fast nichts dafür tun. Andere Frauen zetern hingegen: Komm mit mir ins Bad und ich zeige dir meinen Kängurubauch! Die meisten von ihnen haben Stress mit dem Abnehmen, weil sie direkt nach der Geburt wieder aussehen wollen, als hätten die Kleinen in Blumentöpfen gekeimt. Dir flog das Abnehmen einfach zu.«

Teresa winkte ab. Sie atmete tief durch und wollte Widerworte geben. Doch dann stieß sie nur den Atem aus. Was Ramón gesagt hatte, stimmte sie nachdenklich. Sie musste sich neu aufstellen. Gegen ihren Willen begannen seine Argumente ihren Frust zu lösen. Sie wurde versöhnlicher.

»Dann solltest du mich das alles öfter spüren lassen«, versuchte sie eine letzte Gegenwehr.

Ramón erkannte, dass ein Erfolg nahe war. »Sei nicht töricht, ich zeige es dir doch am laufenden Band, und auch noch gern.«

Er nahm sie in den Arm, der Weg ins Schlafzimmer war nur kurz. Noch vor dem Bett hatte sich, wie von selbst, ihr Haar geöffnet, und die schweren schwarzen Strähnen lagen wie ein Fächer auf dem weißen Kissen. Teresas Augen senkten sich schicksalsergeben in die seinen. Das Paar erfasste eine tiefe Gefühlswallung und erlebte ein Versöhnungsfest. Wie früher wurde es, hatte sich Teresa doch seit Wochen verweigert! Ihr Eigenduft drang aus den Poren und schwebte über der spärlichen Bekleidung, die sie noch anhatte. Diese sinnliche Beigabe erregte Ramón sehr. Seine Finger reagierten vor Aufregung ungeschickt, als er freilegen wollte, was ihm so lange verwehrt worden war. Teresa half ihm und war viel geschickter als er.

Als ihr Liebesspiel ein Ende fand, waren sie nicht nur eins, sondern sich auch wieder einig.

»Du sollst mich nicht mehr daran erinnern müssen, dir zu zeigen, was du mir bedeutest«, murmelte er ihr zärtlich und träge ins Ohr, dabei biss er ihr leicht in das Ohrläppchen. »*Querer es poder.*« – Wo ein Wille ist, ist auch ein Weg, dachte er.

Als Ramón morgens das Haus verlassen hatte, besah sich Teresa nackt im Spiegel. Ramón hatte recht. Ihre dicken Brüste, die mit Adern wie eine Straßenkarte durchzogen gewesen waren, hatten sich auf Normalgröße zurückgebildet, nachdem sie abgestillt hatte. Ihre Selbstdisziplin hatte sich bewährt, und das matronenhafte Aussehen der Schwangerschaft war ihren alten Reizen gewichen. Hässliche, elastische Einsätze über dem Bauch und riesige weiße Unterhosen aus Kochwäsche, *adiós*, dachte sie und fühlte sich sofort wohler. Vieles, was sie an ihrer neuen Situation abgestoßen hatte, war wirklich vorüber. Sie wohnte in einem Heim, das sie nach eigenen Wünschen eingerichtet hatte und um das sie viele beneideten. Über Ramóns Fürsorge konnte sie sich nicht beklagen. Er liebte sie beide, Mutter wie Tochter, genau besehen gab es wenig Grund, Trübsal zu blasen. Sei geduldiger mit der ganzen Welt, vor allem mit dir selbst, nahm sie sich vor. Sie wollte alles positiver sehen. Sie konnte nicht gleichzeitig die Eier essen und die Henne schlachten!

2.

Juan Méndez schaute aus dem Fenster seines Apartments hinaus in die Nacht. Die Dunkelheit war nicht so vollkommen wie die seiner Gedanken. Die vielen elektrischen Lichter in Puerto hatten die hellen Sonnenstrahlen ersetzt und spendeten immer noch Licht, wenn auch spärlicher als tagsüber. Méndez hatte seit mehreren Stunden nachgedacht und stand vor einer wichtigen Entscheidung. Er war lange Zeit an Geist und Seele krank gewesen und hatte sich in psychiatrische Behandlung begeben müssen. Nach langwieriger Therapie hatte sich Erfolg eingestellt, und ein Neuanfang schien möglich. Man entließ ihn als geheilt. Doch als er wieder auf sich allein gestellt war, traten erneut Schwierigkeiten auf. Sein Umfeld nahm ihn nicht mit offenen Armen auf, sondern betrachtete ihn mit Misstrauen und Skepsis. Méndez litt darunter sehr und fiel erneut in Depressionen.

Der Abend des 1. Novembers brachte für ihn eine Schicksalswende. Er war auf seinem schweren Motorrad in den Straßen Puertos unterwegs und stieß auf eine Gruppe von Männern, die ihn sofort interessierte. Sie saßen ebenfalls auf Krafträdern. Teufelszeichen und die satanischen Ziffern 666 auf ihren schwarzlackierten Chassis zogen ihn magisch an.

Dunkle Ledermonturen, Helme mit herabgelassenen Visieren oder Motorradbrillen vermummten sie und ließen sie wie geheimnisvolle Ritter eines schwarzen Ordens aussehen. In Méndez wuchs der Wunsch, zu ihnen zu gehören.

Entgegen der Ablehnung, die er sonst von seinem Umfeld erfuhr, zeigte diese Gruppe Interesse an ihm. Er wurde angesprochen, und bevor er sich's versah, hatte er mit verbundenen Augen Platz auf dem Rücksitz einer ihrer Maschinen genommen und donnerte ihrem »Clubhaus« entgegen ...

Als die Maschinen anhielten, packte ihn eine Hand am rechten Oberarm und führte ihn vorwärts. Er trat über eine Schwelle und befand sich auf planem Boden, aus Holzdielen, wie er richtig vermutete. Er entnahm den Geräuschen, dass auch seine Gastgeber in den Raum traten. Stühle schurrten, und man drückte ihn auf einen davon. Erst jetzt wurde ihm die Binde von den Augen genommen. Neugierig sah er sich um. Die Männer hatten um einen roh gezimmerten Holztisch Platz genommen.

Die »Ritter« waren immer noch unkenntlich. Ihre Gesichter waren nicht mehr hinter Motorradbrillen und Helmen verborgen, sondern hinter Masken. Seine Gastgeber hatten deshalb für ihn kein spezifisches Aussehen, keinen Namen, nur Stimmen.

Mit Fremden in ihrer Runde trugen sie, um ihre Identität zu verbergen, Guy-Fawkes-Masken wie der Freiheitskämpfer im Film *V wie Vendetta*: weißer Teint, schwarze Konturen der Brauen und der Augenschlitze, schwarzer Schnurrbart sowie Strichbart am Kinn.

Die Maskengesichter waren zu einem zynischen Grinsen verzogen und ließen keine wahren Regungen erkennen.

Juan Méndez sah sich um. Der Raum, in dem sie sich befanden, war mit schwarzen Tüchern abgehängt und mit Kerzenleuchten sparsam erhellt. Hinter dem Tisch stand ein großes, auf den Kopf gestelltes Kreuz aus Metall. Der Maskierte, der ihm gegenübersaß, richtete das Wort an ihn. Seine Stimme klang hinter der Maske dumpf und hohl: »Dein Interesse an uns war unübersehbar. Sei willkommen im Kreis unserer Gemeinschaft. Wir sind Jünger des Satans. Mein Name ist Gran Tinerfe, genannt nach dem großen Guanchenfürst. Ich bin der Anführer. Willst du mehr über uns wissen?«

Juan Méndez antwortete schnell mit einem Ja.

Der Wortführer schien zufrieden und fuhr fort: »Wer zu unserer Gemeinschaft gehören möchte, muss Satan dienen. Satan bedeutet Sinnesfreude anstatt Abstinenz, Lebenskraft anstatt Hirngespinste.«

Er legte einen toten Fisch auf die Tischplatte und verstümmelte ihn mit einem Messer. Dazu erklärte er: »Das griechische Wort für Fisch, *Ichthys*, enthält für Christen das Glaubensbekenntnis: *Iesous Christós Theoú Hyiós Sytér*« – Jesus der Gesalbte, Gottes Sohn und Erlöser.«Darum zerstöre ich den Fisch. Könnten dich unsere Maxime reizen?«

Méndez zögerte nicht, mit einem weiteren vernehmlichen Ja zu antworten. Er war darauf aus, endlich irgendwo dazuzugehören.

Die Runde verharrte in Schweigen, bis Gran Tinerfe fortfuhr: »Das ist gut, doch wenn du versuchen solltest, uns aufs Kreuz zu legen, anstatt das Kreuz zu verlachen, werden wir dich töten. Satan bedeutet Rache anstatt Hinhalten der anderen Wange.« Seine Stimme blieb bei dem Wortspiel mit dem Kreuz todernst. Zweifellos war ihm nicht nach Scherzen zu Mute.

»Nein, nein«, antwortete Méndez hastig, »ich will zu euch gehören. Was muss ich tun, um das zu beweisen?«

»Mutprobe, Mutprobe!«, schallte es dumpf und fordernd hinter den Masken hervor. Dazu schlugen die Männer mit den Fäusten einen eintönigen Takt auf die Tischplatte.

Der Anführer erklärte Méndez, was Mutprobe bedeutete: »Du musst über Leichen gehen, um zu zeigen, dass du für uns und unseren Herrn geeignet bist.«

»Im wahrsten Sinne des Wortes über Leichen?«, fragte Méndez beunruhigt zurück.

»Ja, ohne Wenn und Aber, aber eine Leiche tut es fürs Erste«, antwortete Gran Tinerfe bestimmt.

In Méndez' Kopf überschlugen sich die Gedanken. Sollte er noch einen Rückzieher machen, oder musste er dann mit dem Schlimmsten rechnen, vielleicht mit dem Tod? Diese Drohung stand schließlich im Raum.

Er versuchte es mit Hinhaltetaktik: »Wie werdet ihr von meiner Tat erfahren?«

»Das ist nicht dein Problem. Wir haben unsere Augen und Ohren überall. Auch die Medien werden uns berichten«, fuhr Gran Tinerfe ihm scharf über den Mund. Um weitere dumme Fragen zu vermeiden, ergänzte er: »Nach erfolgreicher Prüfung werden wir dich finden, und du darfst unser Bruder sein.«

Méndez spürte, dass jede weitere Frage gefährlich war und besser unterblieb. Er nickte ergeben.

Der Anführer reichte ihm einen Becher Rotwein mit den Worten: »Nimm diesen Blutersatz aus dem Eichenfass und trink!« Mit lüsterner Stimme sprach er zu ihm über die Bedeutung von Sex. Dann ließ er abrupt von ihm ab und wandte sich seinen Jüngern zu. Er streckte seine rechte Hand aus. An seinen Fingern trug er schwere Silberringe, die mit teuflischen Symbolen geschmückt waren. Er zeigte mit ihnen auf die Anwesenden und sprach: »Ich mache mir große Sorgen um euch.«

Er hatte einen bestimmten Sprechduktus eingeübt und registrierte zufrieden, dass seine Stimme wie Schmierseife in seine Gefolgsleute drang.

Er erarbeitete seine Auftritte wie Theateraufführungen. Choreographie, Bild und Ton mussten stimmen.

Schon als Kind hatte er gern vor dem Spiegel gestanden und rezitiert. Seine Mutter war immer wütend geworden, wenn sie ihn dabei erwischte. Diese Zeiten waren vorbei. Jetzt und hier war er der Meister!

Er bewegte seine Hände theatralisch und schlug einen Kreis, als wollte er sein Gefolge darin einschließen.

Sein Zeigefinger verharrte auf dem Bruder neben ihm, und der begann sofort mit einer eintönigen Litanei:

»Bei dem Symbol des Schöpfers schwöre ich, ein zuverlässiger Diener des mächtigsten Fürsten Luzifer zu sein. Der Schöpfer hat ihn zu seinem Regenten bestimmt, zum Herrn der Welt.«

Gran Tinerfe wies auf den Nächsten am Tisch, und der fuhr in gleichem Singsang fort: »Ich schwöre, dass ich meinen Verstand, meinen Leib und meine Seele stets zur Förderung der Pläne unseres Gebieters hingeben will.«

Ein Dritter kam zu Wort: »Ich verleugne Jesus Christus und schwöre auf ewig dem christlichen Glauben ab. Ich verachte alle christlichen Werte.«

Nach diesen Bekenntnissen fielen alle Männer am Tisch in einen eintönigen Gesang ohne erkennbare Worte und wiegten dazu ihren Oberkörper im Takt.

Ab und zu glaubte Méndez die Worte *Oh Asmodi, schau auf deine Die-*

ner zu verstehen. Bei diesen Worten schlugen sich die Männer auf ihren rechten Oberarm. Sie brachten sich damit immer mehr in Trance.

Ein längeres Wortgeplänkel folgte.

Gran Tinerfe erklärte Juan Méndez die Hierarchie der Gruppe. Der war vom Sinngehalt der Regeln tief beeindruckt.

Schließlich beendete der Anführer die Sitzung mit einem rauen Befehl an den Gast: »Such dir ein Opfer und lass uns nicht zu lange auf dessen Ende warten, wir haben nicht allzu viel Geduld!«

Sie verbanden Méndez wieder die Augen, und als ihn auf dem Rücksitz eines Motorrades der kalte Fahrtwind umströmte, ahnte er, dass er auf dem Rückweg nach Puerto war. Dort ließen ihn die Männer grußlos am Straßenrand stehen, genau wo sie ihn getroffen hatten. Er fand sein Kraftrad, und bald grübelte er, was zu tun war. Die Nacht dümpelte lau vor sich hin, und der Wind war fast eingeschlafen. Er bot keine erfrischende Brise mehr gegen die Wärme. Am Himmelszelt blinkten unzählige Sterne wie ferne, kreisrunde Halogenspots, viel zu schwach, um unten auf der Welt gute oder böse Taten ins rechte Licht zu setzen.

Juan Méndez war ratlos, wusste nicht, was er tun sollte. Mehrere Tage brauchte er, um sich eine Mutprobe zurechtzulegen. Dann war ein Plan in seinem Hirn gereift. Er wollte in den Süden fahren, dort ein Opfer suchen, es töten und nach der Tat auf dem Motorrad fliehen. Weiblich sollte das Opfer sein, denn Frauen waren vor Satan minderwertigere Geschöpfe. Das Nummernschild seiner Maschine wollte er bis zur Unkenntlichkeit mit Schmutz überdecken. Niemand durfte die Ziffern bei seiner Flucht erkennen.

Um sich über Satanismus zu informieren, hatte er sich mit einigen kultischen Dingen eingedeckt. Mit Teufelsmusik vertrieb er sich die Zeit bis zum nächsten Morgen. Von Black Sabbath hörte er: *Jesus, du bist der Abscheuliche!* Voll Schaudern las er über die Hardrock-Gruppe ACDC und erfuhr, dass die Abkürzung *Antichrist, death to Christ,* bedeutete. Antichrist, Tod für Christus.

Den Beatles-Song *Number Nine* ließ er nach gelesenen Anweisungen rückwärts abspielen: *Turn me on, dead man*, hörte er nun. Dieser Satz war als Verspottung des Gottessohnes gedacht. Das verwirrend Neue erschöpfte ihn. Endlich fühlte er sich bereit für einen kurzen Schlaf.

Frühmorgens machte er sich auf den Weg in den Süden. Der Himmel war strahlend blau. Nur hier und da zogen Schäfchenwolken über dem Blau ihre Bahn. Zwischen den Uferfelsen hing ein Falke im Aufwind und suchte mit scharfen Augen nach Beute, so wie Juan Méndez es bald selbst tun wollte. Als ein Hubschrauber der Polizei mit Rotorknattern im Tiefflug über das Wasser herankam, fragte er sich, ob das ein böses Omen sei. Er verwarf die Bedenken, als die Maschine sich wieder entfernte.

Nach gut einer Stunde hatte er *Playa de las Americas* erreicht und war bereit für die Bluttat.

Eine 65-jährige Britin, Mary Mills, wurde sein Zufallsopfer. Sie war einfach zur falschen Zeit am falschen Ort. In einem Supermarkt unten am Strand erregte er nur kurz Aufsehen, als er in voller Montur mit geschlossenem Helm in den Laden stürmte.

In einem Seitengang traf er auf die alte Dame und erstach sie mit einem Messer, welches er gerade erst aus dem Regal genommen hatte. Dann enthauptete er die Tote mit zwei mächtigen Schlägen und trug ihren blutüberströmten Kopf auf die Straße. Dabei brüllte er eine Verherrlichung des Teufels. Er wählte dazu Englisch, die Sprache seines Opfers.

Eine Videokamera im Geschäft zeichnete den grausigen Vorfall auf. Die Unvermitteltheit der Tat sollte der Polizei später Rätsel aufgeben.

Auf Flucht besann sich Juan Méndez sehr spät. Zu lange hatte er sich im Triumph des Mordes gesonnt. Ein anderer Motorradfahrer riss seinen Helm vom Kopf und warf ihn nach dem Mörder. Juan Méndez strauchelte, fiel hin und das Haupt der Toten sowie das Messer entglitten seinen Händen. Ein mutiger Wachmann war schnell über ihm. Er hielt ihn fest, bis die Polizei eintraf und ihn arretierte. Mit einem grässlichen Fluch auf den Lippen beschrie Juan Méndez sein Versagen.

3.

Ramón musste an diesem Morgen das Haus früh verlassen. Er hatte um acht Uhr einen Gesprächstermin in Santa Cruz. Teresa und er waren deshalb zeitig aufgestanden. Mercedes schlief noch. Im Wohnzimmer roch es nach frisch gebrühtem Kaffee und aufgebackenen Brötchen. Die Eheleute saßen am Frühstückstisch und konnten sich ungestört unterhalten. Ramón merkte, wie sehr seine Frau dies genoss. Umso mehr amüsierte ihn, wie schnell sie auf Mercedes zu sprechen kam: »Deine Tochter weiß wie du genau, was sie will.«

»Was willst du damit sagen, mein Schatz?«

»Der Zahnarzt hat sie bei der Kontrolluntersuchung mit Traubenzucker vom Weinen abgehalten. Da Mercedes beim Nägelschneiden ebenfalls gerne weint, habe ich den Trick auch versucht, und er hat genauso geklappt. Aber stell dir vor, was das gerissene Biest beim zweiten Mal getan hat.«

Ramón wartete neugierig auf die Antwort.

»Sie wollte doch wirklich für jede Hand ein Stück Traubenzucker.«

»Und du hast dich breitschlagen lassen?« Ramón lachte, als sie nickte.

»Aber das Beste kommt noch. Beim nächsten Mal hielt sie mir auch noch ihre kleinen Füßchen hin.«

Nun war es an beiden, herzlich zu lachen.

Ramón beneidete Teresa insgeheim um die schönen Episoden, die sie mit Mercedes immer wieder erlebte, und musste an ihr letztes Streitgespräch denken.

Als sie mit dem Frühstücken fertig waren, sah er auf die Uhr. Es blieb ihm noch ein Moment, um in die Zeitung zu schauen. Auf der Titelseite fesselte ihn der Aufmacher:

Die Insel des ewigen Frühlings unter Schock!
Juan Méndez, ein schon mehrfach behandelter, psychisch labiler Einheimischer wurde zum Mörder an einer bejahrten Britin. Die grausige Tat geschah in Playa de las Américas. Der 30-Jährige hat in einem Supermarkt ohne erkennbaren Grund ein Messer aus dem Regal genommen und auf die 65-jährige Frau eingestochen, bis sie tot zusammenbrach.
Doch damit nicht genug: Der anscheinend Geistesgestörte riss die Tote an den Haaren empor und trennte mit zwei Schlägen ihren Kopf vom Rumpf.
Blutbesudelt rannte er mit dem Kopf auf die Straße und schrie dabei immer wieder: Ich bin Satans Rächer! Ein vorbeifahrender Motorradfahrer und ein beherzter Wachmann rangen den Irren nieder und konnten ihn der Polizei übergeben. Der Supermarkt war videoüberwacht, und die schreckliche Tat wurde vollständig aufgezeichnet.
Die Schuldfrage ist zwar klar, doch die Polizei steht trotz allem vor einem Rätsel, denn der Verhaftete schweigt verbissen über sein Motiv.
Sein Kampfschrei nach der Tat lässt vermuten, dass er zu einer der Teufelssekten gehört, die auf Teneriffa ihr Unwesen treiben. Besonders für unsere ausländischen Gäste ist diese Bluttat ein großer Schock.
Der Tourismusminister bedauert die Tat ausdrücklich und verspricht schnelle Aufklärung.
Wir bleiben am Ball!

»Scheiße«, entfuhr es Ramón, »da werden sie schnell wieder Druck auf uns ausüben.«

Dann las er Teresa den Artikel vor. Als sie den Namen des Täters hörte, stutzte sie und unterbrach ihn: »Den Mörder kenne ich! Der war mal bei mir in Behandlung.«

Ramón vergaß seine zeitliche Enge, und es sprudelte aus ihm heraus: »Welche psychischen Probleme hatte er?«

Teresa grinste ihn an. »Ich weiß, dass die Schweigepflicht über Patienten aufgehoben werden kann, wenn sie Gegenstand einer polizeilichen Ermittlung werden. Das ist bei Méndez wohl der Fall. Folgendes kann ich dir sagen: Die Diagnose wies damals auf fehlendes Selbstwertgefühl hin. Méndez hasste sich geradezu und war eine emotional total instabile Persönlichkeit. Er griff zu Medikamenten und Drogen, um sich selbst zu ertragen. Ich hatte das Gefühl, dass meine eingeleitete Therapie fruchtete und ihn stabilisierte. Und nun das, das trifft mich hart.«

Nach kurzem Zögern fuhr sie fort: »Ich muss Méndez nochmals untersuchen, schon um mich für meine Therapie rechtfertigen zu können.«

Ramón nickte. »Das kann ich nachvollziehen. Ich werde mein Bestes tun, dir das zu ermöglichen. Du kannst uns damit sogar eine Hilfe sein, wir tappen ja noch völlig im Dunkeln. Das kleinste Detail, das du aufdeckst, kann die Initialzündung für den Abschluss des Falls werden. Ich erhoffe mir von dir so etwas wie eine psychologische Obduktion.« Er scheute sich nicht, ihr mit diesen blumigen Worten zu schmeicheln. Ganz ohne Reiberei kam er jedoch nicht davon. Er legte seine Hand auf ihre Schulter und küsste sie flüchtig auf ihre glänzenden Haare.

»Kein Aber?«, antwortete sie keck.

Ramón rollte die Augen. »Doch, ich kann nicht allein über die Untersuchung befinden. Außerdem ist Méndez gefährlich. Ich möchte nicht, dass du mit ihm allein bist«, erwiderte er bestimmt. »Einverstanden?«

Teresa war überhaupt nicht einverstanden. Mit deutlichem Ärger widersprach sie: »Das ist doch Quatsch! Ein ergiebiges Gespräch setzt voraus, dass ich wieder eine Beziehung zu Méndez aufbauen kann. Das muss eine Angelegenheit zwischen ihm und mir bleiben, zwischen uns beiden allein!« Sie war nun ziemlich aufgeregt und hatte rote Flecken am Hals.

»Warum musst du nur immer gleich so wütend werden?«, fragte Ramón.

»Ich empfinde Wut als Motor, der mich antreibt«, antwortete sie kämpferisch. »Außerdem müssen Gefühle raus, die soll man nicht unterdrücken.«

Ramón nahm sich vor, eine weitere Eskalation zu vermeiden. Sein Zeitmangel wurde ihm plötzlich wieder bewusst. Auch der sprach gegen längere Diskussionen.

So suchte er einen Kompromiss: Méndez würde mit Teresa allein sein, aber Handschellen tragen.

»Dir wird von ganz oben bald der Wind ins Gesicht wehen, du Armer«, sagte Teresa mitfühlend. Sie war mit dem Kompromiss zufrieden.

»Wind von oben sorgt für einen aufrechten Gang«, antwortete Ramón grinsend. Noch ein letzter flüchtiger Kuss, dann eilte er aus dem Haus. Er vergaß sogar einen Blick auf Mercedes zu werfen, doch das fiel ihm erst auf, als er sich schon auf der Autobahn Richtung Santa Cruz befand.

Nach einigen Minuten Fahrt holte ihn die Zeitungsmeldung wieder ein. Er wollte nicht den ganzen Tag ungenutzt vergehen lassen und rief auf dem Revier an, um Weisungen zu erteilen. Er verlangte nach Teniente Morales.

Vincente Morales zeigte sich informiert. Beide wurden sich über das notwendige Procedere schnell einig. Da ihre Dienststelle die zuständige Stelle für Sektendelikte war, sollte der Teniente darauf dringen, dass Méndez nach Puerto verlegt würde. Dadurch konnte bei den Verhören viel Zeit eingespart werden.

Morales versprach auch Ramón, Kontakt zu Teresa aufzunehmen, damit sie ihren ehemaligen Patienten aufsuchen und befragen konnte.

Zwei Beamte sollten sich mit dem Foto des Mörders in der Szene umsehen, um herauszufinden, ob Méndez irgendwo Sektenmitglied war.

Nach dem Gespräch schaute Ramón auf seine Armbanduhr, er lag noch in der Zeit und fuhr ziemlich entspannt Richtung Santa Cruz.

4.

Da Juan Méndez noch am gleichen Tag verlegt wurde, konnte Teresa schon am nächsten Vormittag zu ihm.

Als sie in den Raum trat, saß er da, die Mundwinkel nach unten gezogen und die Hände zu Fäusten geballt.

Erst als er sie öffnete, fiel Teresas Blick auf die Handschellen, die mit leicht metallischem Geräusch über seine Handgelenke rieben. Ramón hatte also Ernst gemacht.

Teresa musterte den Gefangenen. Wie er so hilflos vor ihr auf dem Stuhl saß, erregte er ihr Mitleid. Er sah erschöpft aus, was der dunkle Tagebart auf seiner bleichen Haut unterstrich. Einige Schrunden und blaue Flecken in seinem Gesicht ließen erkennen, dass seine Verhaftung nicht ohne Gegenwehr vonstattengegangen war. Auch seine Kleidung war leicht verschmutzt und wies Risse auf.

Der Mörder schaute zu ihr hoch: »Aha, mein guter Engel ist schon informiert und erscheint persönlich«, sagte er sarkastisch. »Deine Therapie hat nicht geholfen, wie du siehst. Sie war nur ein kurzes Doping, hatte die Wirkung einer Droge, die mit der Zeit ihre Kraft verlor und bald nach Schlimmerem schrie.«

Teresa erkannte, dass Méndez seine theatralische Art wieder ungebremst darbot. Sie tolerierte sein Duzen, schließlich wollte sie mit ihm ins Gespräch kommen. Trotzdem begann sie die Kontaktaufnahme zu ihm mit einem Vorwurf: »Ich hätte nicht gedacht, dass Sie sich so krass orientieren würden«, sagte sie mit Bedauern in der Stimme.

»Aha, du meinst also, wer nach allen Seiten offen ist, ist nicht ganz dicht«, antwortete er patzig.

Seine Nervosität war nicht zu übersehen. Teresa setzte alles daran, ihn zu beruhigen: »Jetzt bin ich wieder hier, und was wir erreicht hatten, muss nicht das Ende der Fahnenstange sein. Wir können dort weitermachen, wo wir aufgehört haben«, versuchte sie ihn zu überzeugen und für sich einzunehmen.

»Das wird kaum gehen«, antwortete er. »Ich bin schließlich dieses Mal nicht aus freien Stücken hier, sondern gezwungenermaßen.«

»Sagen Sie mir einfach, warum es passiert ist. Dann kann ich Ihnen am ehesten helfen.«

»Also gut, warum ich hier bin, weißt du ja«, blieb Méndez störrisch beim Du. »Nach deiner Therapie fühlte ich mich ziemlich alleingelassen und einsam. Am 1. November, an Samhain, dem Beginn der Zeit der Finsternis, fand ich seit langem wieder ein wenig Aufmerksamkeit. Ich lernte in den Straßen von Puerto eine Clique kennen, die sich Satan verschrieben hatte. Sie machte mich schon wegen ihres Outfits neugierig. Ganz schwarz gekleidet war sie bis hin zu schwarzen, geschlossenen Motorradhelmen. Man verband mir die Augen und nahm mich mit in ein Haus. Ich sag dir direkt, ich weiß nicht, wo es liegt. Sie packten mich auf ein Motorrad, und damit waren wir mindestens eine halbe Stunde unterwegs.

In einem schwarz verhängten Raum, der nur von Kerzen erleuchtet war, nahm man mir die Augenbinde ab, und ich sah zehn Männer. Ihre Gesichter waren durch Masken unkenntlich. Sie diskutierten leise und beteten in einer Art Sprechgesang. Kennst du den Film *V wie Vendetta*?«

Teresa schüttelte den Kopf.

»Da kommt eine Maske drin vor, die der Freiheitskämpfer Guy Fawkes trug. Genau die gleiche trugen die Männer. Zu mir sprach ihr Anführer. Er sah aus wie ein katholischer Priester, trug über einem schwarzen Seidentalar einen Kragen mit weißem Rand. Er tat sich sehr hervor. Er nannte sich Gran Tinerfe, nach dem großen Guanchenfürst. Einige seiner Worte waren ungewöhnlich und sind mir in Erinnerung geblieben. Ich habe sie mir zu Hause sofort aufgeschrieben. Sie hörten sich wie ein Glaubensbekenntnis an: Satan bedeutet Sinnesfreude anstatt Abstinenz! Satan bedeutet Lebenskraft anstatt Hirngespinste!

Er legte einen toten Fisch auf den Tisch und zerstückelte ihn demonstrativ, weil der Fisch nach seinen Erklärungen ein christliches Zeichen ist. Ich war stark beeindruckt, viel mehr als damals von deinen Ratschlägen. Er gab mir einen Becher Rotwein und sprach von Blutersatz, das zur Feier des Tages aus dem Eichenfass komme. Mich nahm für ihn ein, dass er auf alle Fragen eine Antwort zu haben schien. Und seine Antworten gefielen mir.«

»Wie meinen Sie das?«

»Wenn er zur zügellosen Begattung von Frauen aufforderte, erklärte er im gleichen Atemzug, dies sei eine ehrenwerte sexuelle Handlung, legitime Ausübung patriarchaler Macht.«

Teresa war empört, und ihr Innerstes drängte nach Widerspruch, aber sie ließ Méndez aus guten Gründen einfach weiterreden. *A cada cerdo le llega el San Martín.* Jedes Schwein wird einmal geschlachtet. Jeder Missetäter bekommt seine Strafe, dachte sie für sich über diesen Kerl.

»Der Meister beschrieb eine Hierarchie der Geschlechter, die vom männlichen Teil dominiert wird. Alle Mitglieder trugen Namen von Guanschenführern. Das erschien mir äußerst edel. Ich fühlte mich im Kreis dieser Männer wohl. Ich merkte, dass ich zu ihnen gehören wollte.«

»War das Töten der alten Frau Voraussetzung dafür?«, fragte Teresa und konnte ihren Ärger nur schwer verbergen.

Méndez zögerte kurz, bevor er antwortete: »Der Meister nannte die Tötung Mutprobe. ‚Du musst über Leichen gehen, um zu zeigen, dass du für unseren Herrn geeignet bist‘, erklärte er mir. Ich hatte Angst, wirklich Angst, aber dann beschloss ich, sie zu überwinden und seinen Anweisungen zu folgen. Du kannst daran doch nichts auszusetzen haben, schließlich hattest du ebenfalls von mir verlangt, meine Ängste durch Taten zu überwinden.«

Teresa widersprach der Auslegung ihrer Ratschläge nicht und wartete darauf, dass er weiterredete.

»Ich entschloss mich, eine Frau auszuwählen, eine alte, die ihr Leben schon gelebt hatte. Das erschien mir richtig.«

Teresas Innerstes brodelte, aber mit anerzogener Professionalität gelang es ihr, ruhig zu bleiben. Nur das konnte den Redefluss ihres Gegenübers in Schwung halten.

Juan Méndez bat um eine Zigarette, zündete sie mit seinen gefesselten Händen umständlich an, zog an ihr und schaute für eine längere Weile stumm über Teresa hinweg. Endlich fuhr er fort, wobei seine Stimme sehr niedergeschlagen klang: »Ich habe versagt! Ich habe mich schnappen lassen. Nun nimmst du mich wieder in die Mangel und versuchst mich zu bearbeiten. Ich will das nicht mehr!«

Teresa ließ nicht locker, sie versuchte weitere Einzelheiten in Erfahrung zu bringen: »Wie wollten Sie denn Ihre Tat dem Meister bekannt geben, und wie sollte die Aufnahme in die Clique erfolgen?«

»Für das Bekanntgeben sollten die Medien sorgen.« Juan Méndez grinste böse. »Das ist ja wohl auch geschehen. Wegen der Aufnahme in die Sekte versprach mir der Meister, wieder Kontakt aufzunehmen. Ich sollte einfach darauf warten. Das ist ja nun hinfällig«, stellte er mit zusammengekniffenen Lippen fest. Er stierte wieder ausdruckslos auf die Wand und ließ keine Gefühlsregung erkennen.

Teresas Erfahrung sagte ihr, dass sie heute nichts mehr aus ihm herausbringen würde. Sie wollte Méndez aber spüren lassen, dass sie um ihn kämpfte.

»Also die Interpretation von Begattung, die dieser ominöse Meister von sich gegeben hat, kann mich nicht überzeugen. Für mich ist sie ein Zeichen unkontrollierter Geilheit und fehlender Impulskontrolle. Ich war eigentlich guten Glaubens, dass ich während unserer vielen Sitzungen Ihre Impulskontrolle in die Reihe gebracht hätte. Überdenken Sie Ihre Einschätzungen noch mal.«

Juan Méndez schwieg verbissen, aber Teresa war sicher, dass ihre Worte nachhallten. Sie ließ ihn in seine Zelle zurückbringen und blieb mit ihren Gedanken allein.

Auch wenn Méndez künftig einsitzen musste, war er weiter zu therapieren. Dabei wollte sie unbedingt ihre Arbeit zu einem besseren Ende bringen. Vielleicht würde der Dialog mit ihm weitere Fakten aufdecken, die Ramón die Teufelssekte aufspüren ließ. Nach ihrer Meinung saßen dort die wahren Schuldigen.

Für ihren Mann hatte sie später einige mahnende Worte: »Passt gut auf ihn auf. Schließlich hat Méndez mit dem Mord nicht erreicht, was er wollte. Ich halte ihn für stark suizidgefährdet. Er könnte in seiner Zelle keinen anderen Ausweg mehr sehen als den Freitod.«

Ramón versprach ihr, man würde achtgeben.

La muerte es segura pero la vida no.– Der Tod ist sicher, aber das Leben nicht, dachte er und hoffte bis zum Abend Ergebnisse aus den weiteren Ermittlungen vorliegen zu haben. »Die werden wir dann diskutieren«, versprach er. Er hatte sich zu Herzen genommen, wie sehr Teresa ihre berufliche Einbeziehung in seine Arbeiten erwartete.

Teresa zeigte dies auch durch ihr Tun. Sie rief in der Gerichtsmedizin an. Vielleicht konnten sie von dort noch Wissenswertes in Erfahrung bringen. Sie kannte noch die Direktdurchwahl, Dr. Mendoza war sofort am Hörer.

»Hallo, Herr Kollege, haben Sie die alte Engländerin bereits obduziert?«

»Aber natürlich, sofort nachdem sie hereingekommen war. Da haben wir etwas mit den Psychologen gemeinsam: Wir schauen gerne und schnell in unsere Fälle hinein.« Er kicherte über seinen Witz. »Leider werde ich Ihnen nichts berichten können, was Ihnen nicht schon bekannt ist«, fuhr er fort. »Tatzeit, Tatort und Tathergang liegen auf der Hand und erfahren durch unsere Untersuchung keine Korrektur. Auch sonst ergaben sich keine Überraschungen. Die Frau hatte weder in jüngster Zeit Geschlechtsverkehr, noch war sie schwanger, was in ihrem Alter auch ungewöhnlich gewesen wäre.« Dr. Mendoza kicherte nochmals, er war anscheinend in ausgelassener Stimmung.

Teresa verabschiedete sich höflich. Sie war nicht in der Stimmung, über seine Zoten zu lachen.

Bis zum Abend erhielt Ramón noch weitere Informationen: Der Szene »Sekten und Satanismus« gehörten zwei besonders auffällige Zusammenschlüsse an. Die eine Sekte nannte sich »SSS« als Kürzel für *Sol, Sexo y Sangre*. Sonne, Sex und Blut. Sie hatte ihren Treffpunkt angeblich in Santiago del Teide.

Die zweite nannte sich *Hola Belcebú*, war deutschen Ursprungs und traf sich in einer Bodega am Rande von Puerto.

Cabo Juan Vidal hatte die erste Gruppe überprüft. Denen, die nach seinem Bauchgefühl als Sektenmitglieder infrage kamen, hatte er ein Bild von Juan Méndez vorgelegt. Keiner wollte ihn kennen. Fangfragen und Drohungen brachten keinen Erfolg. Auch Einwohner von Santiago del Teide, die er befragte, hatten ihm nicht weitergeholfen.

Brigada José Gomez erging es bei *Hola Belcebú* ähnlich. Wie hoffnungsvoll reagierte er, als ihm einer der Befragten auf die Frage »Hast du den Mann schon einmal gesehen?«, mit »Ja« antwortete. »Und wo?«, hatte er ungeduldig nachgehakt und wurde schlimm auf die Schippe genommen: »Nun, gerade auf dem Foto natürlich.« Der Kerl hatte ihn bei der Antwort hämisch angegrinst.

»Es gibt Menschen, da frage ich mich, ob ihr Kopf nur eine Sicherungskopie vom Arsch ist. Da gehörte der auf jeden Fall dazu.« Der Brigada ließ seinen Frust heraus, bevor er wieder ruhiger fortfuhr: »Personen, die ich im Umkreis des Gasthauses ansprach, winkten ab, als ich ihnen die Fotografie des Mörders zeigte: In dieser Bodega geht es zu wie im Taubenschlag. Wie soll man sich da an ein einzelnes Gesicht erinnern? Die sehen doch alle gleich aus, und wir gehen dort gar nicht hinein, bekam ich zu hören.«

Die Recherchen hatten sie also nicht weitergebracht.

Ramón saß mit Teniente Morales in seinem Arbeitszimmer und überlegte, wie sie weitere Ansatzpunkte finden konnten. Sie sahen keine andere Möglichkeit, als die Szene stringent zu überwachen.

»Bald findet in Puerto ein Heavy-Metal-Konzert statt«, sagte Vincente Morales. »Da werden die Teufelsjünger bestimmt zugegen sein.«

Ramón nickte und sah angewidert auf einige tote Fliegen, die auf dem Fensterbrett lagen.

»Warum sterben diese blöden Viecher in unseren Büroräumen immer so schnell? Ich meine, draußen leben sie viel länger.«

»Da hast du recht. Für sie ist hier drinnen die Luftfeuchtigkeit zu gering. Sie trocknen innerlich aus. Du müsstest sie in den Kühlschrank tun, dort würden sie erstarren und überleben, aber da heben wir ja unsere Getränke und Nahrungsmittel auf.«

Morales lachte, und Ramón wunderte sich einmal mehr über dessen breit gefächertes Wissen.

An diesem Abend konnte Ramón keine frohe Botschaft mit nach Hause bringen. Die Witterung war noch lau, und als Teresa und er auf ihrer Terrasse saßen, war es Teresas erste Handlung, zwei maisgelbe Lampions anzuzünden. Für sie waren diese beiden Laternen ein Symbol für Gemütlichkeit. Mit fortschreitender Dunkelheit vereinigte sich ihr spärliches Licht über weite Distanz mit dem der Sterne. Dies heimelte Teresa an und gab ihr die nötige Muße, ihre Gedanken schweifen zu lassen.

Auch Ramón genoss diese Ruhe. Er schaute von seiner Zeitung auf und sagte zu ihr: »Was ich gerade gelesen habe, lässt mich zweifeln, ob ich feinfühlig genug bin, aus Fakten eines Falles das Wichtige herauszulesen. Du erinnerst dich an das Eisenbahnunglück in China mit den 35 Toten?«

»Ja, sicher, aber was hat das mit unserem Fall zu tun?«

»Ich las gerade, wie in diesem Land der Pressezensur die Menschen zwischen den Zeilen lesen können. Ein Redakteur verbrämte die Kritik an den Verantwortlichen für den Zugunfall einfach in einer Geschichte: Im Pekinger Palastmuseum ging eine wertvolle Schale aus der Mingdynastie zu Bruch. Sechs Bruchstücke blieben übrig. Sechs Zugteile waren nun entgleist und abgestürzt. Er kritisierte die Verantwortlichen des Museums wegen Versagens und warf ihnen vor, die Angelegenheit vertuscht zu haben. Die Leser verstanden seinen verdeckten Hieb gegen die Verantwortlichen für das Zugunglück sofort.«

Teresa verstand, was er sagen wollte. »Es ist bewundernswert, wenn Leute Parabeln gut verstehen. Eingeschränkte Meinungsfreiheit macht die Ohren sensibel für versteckte Mitteilungen. Aber ich bin froh, dass wir hier auf der Insel keine Probleme mit der Meinungsfreiheit haben. Wir können unsere Kritik offen aussprechen, und du musst nicht zwischen den Zeilen lesen.«

Nach diesem Diskurs verband sie noch lange das Interesse an der Aufklärung des Falls, und sie diskutierten die Fakten bis spät in die Nacht.

Teresa hatte sich ein festes Bild von dem Sektenführer gemacht. »Der, den wir suchen, ist ein Psychopath. Er sieht seine Gefolgsleute als Spielsteine in seinem Spiel und setzt sie nach Gusto. Ich gehe davon aus, dass ihn irgendwelche Ereignisse in früher Jugend geprägt haben. Vielleicht waren es Quälereien im Elternhaus oder sexuelle Übergriffe. So etwas hat dann zu einer antisozialen Persönlichkeitsstörung geführt, die heute seine Opfer ausbaden müssen. Mäßiger Erfolg im Berufsleben könnte seine Störung verstärkt haben. Der Kerl flüchtet sich in eine Nebenwelt, in der er herrscht und wo er die erste Geige spielt. Alle Anzeichen sprechen dafür, dass seine Opfer immer zahlreicher werden müssen. Wenn es uns nicht gelingt, bald in seinen Kreis einzudringen, kommt noch einiges auf uns zu.«

Ramón nickte niedergeschlagen. Er fühlte sich wie ein Luftballon, dem die Luft ausgegangen war, völlig kraftlos, doch dann riss er sich zusammen und sagte mit fester Stimme: »Lass uns diesen Irren gemeinsam finden. Hast du irgendeine Vorstellung, wie er aussehen könnte? Ist er jünger oder älter, groß oder eher klein, laut oder mehr introvertiert? Mich interessieren alle Merkmale, die wahrscheinlich sind.«

»Das sind Fragen, die können zum jetzigen Zeitpunkt nur durch Kaffeesatzlesen beantwortet werden«, erwiderte Teresa trocken. »Trotzdem möchte ich mich auf einiges festlegen: Er ist Egozentriker. Die strenge Regieführung in der Sekte ist von Egozentrik geprägt, und er erschafft durch sein Tun weitere Egozentriker. Irgendwie starren die Mitglieder nur auf sich selbst, sind sich nur selbst wichtig. Er ist kein alt gewordener Egozentriker. Er kennt sich mit neuen Medien aus, und auch die Masken, die sie während der Rituale tragen, stammen aus einem Film, der ältere Menschen kaum ansprechen dürfte.

Er ist Einheimischer. Dafür sprechen die Alias, welche die Mitglieder für sich wählen. Fremde würden sich nie nach Guanchenfürsten benennen.

Er propagiert zwar Drogen als ‚Feelgood Pharmaka', aber ich bin mir sicher, er selbst nimmt sie nicht oder nur äußerst sparsam. Schließlich will er führen und Herr der Lage sein. Das verträgt sich nicht mit Drogen.

Auch über sein Gefolge habe ich mir eine Meinung gebildet: Nach der überwiegenden Auffassung in unserer Fachliteratur ist das Umwerten der Werte durch Sektierer oft nur ein Hilfeschrei und stellt einen Protest gegen persönliche Benachteiligung oder gegen die allgemeine Ungerechtigkeit der Welt dar. Für viele Satansjünger ist die Zugehörigkeit zu einem Zirkel mit geheimnisumwitterten Ritualen und Verschwiegenheitsgelübden identitätsstiftend. Sie finden eine Heimat in einer verschworenen Gemeinschaft. Gleichzeitig können sie sich von der verhassten übrigen Gesellschaft abgrenzen und den Nimbus eines Ordens genießen. Ihr Selbstwertgefühl wird gestärkt. Ich habe Interessantes über Satanisten gefunden: Nach dem Motto ‚Kenne deinen Feind' wird, mindestens ihr Führer, über Gott mehr wissen als die meisten Gläubigen der Kirchen. Er dürfte auch in der Kenntnis anderer Werteinhalte über dem Durchschnitt liegen. So traue ich ihm weniger Vorbehalte gegenüber Ausländern zu, auch gegenüber Homosexuellen und Drogensüchtigen.

Er kennt keine Berührungsängste mit verschiedenen Sexpraktiken wie Anal- oder Oralsex.«

»Ich weiß zwar nicht, ob diese Sexpraktiken wirklich Werteinhalte darstellen, aber dass die Sekten hier auf der Insel von Ausländern dominiert werden und die in starkem Maße Rauschgift konsumieren, ist Fakt. Auch Homosexuelle sind in ihren Reihen gang und gäbe. Sex gehört zu ihren schwarzen Messen dazu«, pflichtete Ramón ihr bei.

»Ich habe aus Méndez' Befragung noch etwas zu bieten, was uns weiterhelfen könnte«, fügte Teresa hinzu. »Mit den Sätzen, die Méndez als Glaubensbekenntnis bezeichnet hat, habe ich eine Internetrecherche vorgenommen. Dabei konnte ich feststellen, dass sie, wenn auch nicht wörtlich, so doch sinngemäß, aus der satanischen Bibel stammen, die Anton Szandor LaVey als Hohepriester der amerikanischen Church of Satan schon 1968 geschrieben hat. Es ist damit abgesichert, dass die Rädelsführer des Mordes Satansjünger sind. Ihre Verwendung internationaler Bekenntnisse spricht für eine Vernetzung ins Ausland. Vielleicht erinnert sich Méndez bei der nächsten Sitzung noch an weitere Einzelheiten, wenn ich ihn konkret danach frage.«

Mit diesem Hoffnungsschimmer ließen sie für den Abend das Thema ruhen. Mercedes war noch einmal wach geworden und Ramón beschäftigte sich mit ihr, bevor er sie wieder ins Bettchen trug. Die kindlichen Spielereien gefielen nicht nur dem Kind, sondern brachten den Vater nach den Aufregungen des Tages auf andere Gedanken. Teresa war dabei gerne die Dritte im Bund …

5.

Hermanos Santana lebte in einem kleinen Haus am Rande von Puerto, das er schon vor Jahren von einem Onkel geerbt hatte.

Sein Zuhause war, seit er es nutzte, von keinem Fremden betreten worden, denn es gehörte zu der Nebenwelt, in der er sich, jenseits der Ellenbogengesellschaft vor der Tür, geflüchtet hatte. Hatte ihm das Leben dort draußen nur Tiefschläge und Misserfolge beschert, so fand er in dieser Welt, in der er zum Führer einer satanistischen Sekte aufgestiegen war, große Erfüllung und endlich Anerkennung.

Ich will mein Schicksal selbst bestimmen und keine Marionette sein, der nur Drähte und Schnüre Leben einhauchen, hatte er für sich als Lebensmaxime gefunden.

Das Bekenntnis der Sekte war aus der Lehre der mittelalterlichen Katharer abgeleitet, deren Glaube auf einem dualistischen Prinzip beruhte. Er hatte viel darüber gelesen und im Internet gegoogelt. Diese Sektierer hielten Gott und den Teufel für ebenbürtig. Dem makellosen Wesen Gott stand der böse Gott, der Gott der Macht, der Teufel eben, gegenüber. Dessen Ausfluss war die gesamte Schöpfung.

Der Teufel war für sie der König der Welt und jeder Mensch, jedes Tier und jeder Baum war vom Grunde her ebenfalls böse und Satan untertan.

So hatte Hermanos Santana für sich und seine Gefolgsleute den Teufel als König gefunden und verlangte von seinen Anhängern dessen Verehrung. Er lehrte sie den spielerischen Umgang mit Mut, Grenzen und Magie, predigte aber auch den aggressiven Kampf um Macht, Kontrolle und Sex.

Er hatte für ihren Verhaltenskodex den Vorgaben aus dem Mittelalter einige Attribute der Neuzeit hinzugefügt. Dazu gehörten die neun satanischen Grundsätze von A. S. LaVey, der in den USA lange Jahre Hohepriester der Church of Satan gewesen war.

Sie hingen in seinem Schlafzimmer gerahmt an der Wand, und er konnte sie auswendig:

1. *Satan bedeutet Sinnesfreude anstatt Abstinenz!*
2. *Satan bedeutet Lebenskraft anstatt Hirngespinste!*
3. *Satan bedeutet unverfälschte Weisheit anstatt heuchlerischer Selbstbetrug!*
4. *Satan bedeutet Güte gegenüber denjenigen, die sie verdienen, anstatt Verschwendung von Liebe an Undankbare!*
5. *Satan bedeutet Rache anstatt Hinhalten der anderen Wange!*
6. *Satan bedeutet Verantwortung für die Verantwortungsbewussten anstatt Fürsorge für psychische Vampire!*
7. *Satan bedeutet, dass der Mensch lediglich ein Tier unter anderen Tieren ist, manchmal besser, häufig jedoch schlechter als die Vierbeiner, da er aufgrund seiner göttlichen geistigen und intellektuellen Entwicklung zum bösartigsten aller Tiere geworden ist.*
8. *Satan bedeutet alle sogenannten Sünden, denn sie alle führen zu psychischer, geistiger oder emotionaler Erfüllung.*
9. *Satan ist der beste Freund, den die Kirche jemals gehabt hat, denn er hat sie die ganzen Jahre über am Leben erhalten.*

Die Embleme und Zeichen, die er und seine Brüder benutzten, kreisten um die mystische und dunkle Seite des Daseins, um Tod, Hölle und Vergänglichkeit.

Schwarz war ihre Kleidung bei Kulthandlungen und Treffen. Santana trug als Meister eine Robe aus schwarzer Seide, zum Spott gegen die Kirche mit dem weißen Kragen des katholischen Klerus.

Als Gotteslästerung war Gott bewusst falsch nur mit den Buchstaben Got darauf gestickt.

Seinen Jüngern waren nur Gewänder aus »*fibra sintética*«, aus Kunstfaser, gestattet, die aber genauso feierlich glänzten wie die Seide ihres Anführers.

Zu den schwarzen Gewändern trugen sie Masken. Als alle verbindendes Zeichen schmückte sie ein Tattoo, das nahezu unsichtbar für fremde Augen auf der Innenseite ihrer rechten Oberarme eintätowiert war.

Es stellte die Fratze Asmodis dar. Asmodi, der König der Dämonen, erfüllte die Herzen seiner Gläubigen mit Wut und Wollust. Er zeigte sich als hässliche Fratze mit vier Schlitzaugen, zwei Mündern und zwei Hörnern. Dieser lustbesessene Dämon, der Sara, die Tochter Raguels, geliebt hatte und deren sieben Ehemänner tötete, wurde im Alten Testament im Buch Tobias 3.8. bereits als Beispiel des Bösen erwähnt. Asmodi gierte maßlos nach weiblichem Fleisch und Wein. Er verkörperte damit wichtige Lebensziele der Sekte und verband als Tattoo alle Mitglieder wie einzelne Glieder eine Kette miteinander.

Ihr Zirkel war streng hierarchisch aufgebaut und auf Gehorsam eingeschworen. In der Sekte waren die Mitglieder gefügig, obwohl sie sich sonst mit aller Macht gegen das Herkömmliche auflehnten.

In der geheimen Welt gab es nur Decknamen:
– Santana war Gran Tinerfe, der Mächtige von Adeje.
– Jesús Jacinto gehörte als Acaymo, Häuptling von Tacoronte, dazu.
– Francisco Lugos, der bedächtige Buchhalter, war Cacanaymo, Mencey von El Tanque. Er war ein kleiner, kugelbauchiger Mann mit einer großporigen Nase in einem roten, listigen Schweinsgesicht und Gran Tinerfes treuster Vasall.
– Alonso Peraza nannte sich Beneharo wie der Mencey des Anaga.
– Miguel Rejón hieß Bentor, Mencey von Santa Ursula.
– Álvarez Campos trug den Namen Atgu-Axona, Fürst von Abona.
– Sánchez Palmera war Pelicar, Mencey von Icod.
– Alonso Pinto wurde zu Chincanayro, Mencey von San Juan de la Rambla.
– Castro González nannte sich Bencomo, Fürst von Taoro
– und Angel Romero Anaterve, Mencey von Güímar.

Ihre weltlichen Namen waren nicht jedem bekannt.

Zu Santana gehörte sein pechschwarzer Kater LaVey, denn für Teufelsanbeter spielte die Katze eine besondere Rolle, stand sie doch für verwandeltes Böses und Verbündete des Teufelzaubers. Das Tier stand für eine der Maxime, die sich Gran Tinerfe in seinem Schattenleben selbst gab: *Sei unergründlich und gehorche keinem außer dir selbst!*

Da LaVey das Haus nie verließ, konnte er das umgekehrte Kreuz, das Teufelssymbol, ständig am Halsband tragen, ohne dass daran jemand Anstoß nahm.

Ein dumpfer Aufprall sagte Gran Tinerfe, dass der Kater wieder mal hochgesprungen war und sich auf die Klinke der Wohnzimmertür hatte fallen lassen, um sie zu öffnen.

Ein triumphierendes Gemaunze begleitete seinen erfolgreichen Versuch, und schon war er im Türspalt zu sehen, der sich langsam auftat.

Mit steil aufgestelltem Schwanz rieb sich das pechschwarze Tier am Türrahmen. Die schwarze Eleganz schaute den Meister aus grünen Augen forschend an, maunzte und sprang fast aus dem Stand wie schwerelos auf den Sitz neben ihm.

Dort rollte sich LaVey behaglich zusammen und würdigte seinen Herrn keines Blickes mehr.

Gran Tinerfe hatte mit E-Mail Kontakt zu den Sektenmitgliedern aufgenommen und für den heutigen Abend eine Sitzung einberufen. Sie mussten über die Verhaftung von Méndez sprechen und sich gegen die zu erwartenden Untersuchungen wappnen.

Gran Tinerfe hatte sich gut vorbereitet, schließlich musste er immer wieder unter Beweis stellen, dass er zu Recht der Anführer war.

Seine Fantasie war gut ausgeprägt, und so konnte er dem Zirkel immer neue Reize bieten.

Stilisierte Abläufe ihrer Treffen mit Tanz, Berühren, Schlagen und Kräftemessen brachten wie Maskenspiele und Mimik stets den notwendigen Kick mit sich, der die Satansjünger aus dem grauen Alltagsleben in die Traumwelt führte. Solch praktizierte Gemeinsamkeit war Voraussetzung für unbedingten Gehorsam.

Gran Tinerfe sorgte für opulente Mahlzeiten, Trinkgelage und Drogenexzesse. Gerade bei Drogen konnte er sich zugutehalten, dass seine Anhänger in Saus und Braus lebten. Sie waren nicht von der schlechten

Ware abhängig, die sie früher von den schwarzen Dealern für teures Geld käuflich an Straßenecken erwerben mussten. Heute hatten sie Zugang zu einem Vertriebsnetz, das direkt in den Freihafen von Santa Cruz reichte. Durch Weiterveräußerung überschüssiger Mengen war der Eigenbedarf für alle Mitglieder kostenfrei. Zusätzlich konnten die Auslagen der Gemeinschaft problemlos gedeckt werden.

Zufrieden schaute Gran Tinerfe in den Spiegel und sonnte sich in seinem Erfolg. Auch jenseits seines Priesteramtes trug er nur Schwarz. An seinem Hals hing ein Kreuz, natürlich verkehrt herum. Er hatte gelernt, sein Lächeln furchteinflößend herüberzubringen.

Seine spitzen vampirartigen Schneidezähne trugen das Ihre dazu bei. Nun schaute er auf die Uhr, er musste sich langsam fertig machen.

Umsichtig begann er die Sachen zu packen, die er heute Abend brauchte. Als Erstes verstaute er seinen seidenen Umhang. Es folgte das bestickte Altartuch.

Die Maske brauchte er heute nicht, sie würden unter sich sein, da zeigte man sich.

Die Anhänger anderer Zirkel benutzen alte verlassene Kirchen, manchmal einen überwachsenen Friedhof oder abgelegene Orte für ihre Treffen. Auch insoweit konnte er seinen Anhängern Besseres bieten. Zu der Erbschaft von seinem Onkel hatte ein leer stehendes, einsames Lagerhaus oberhalb von Puerto gehört, es war ihr Versammlungshaus. Dorthin machte er sich nun auf den Weg.

Das Anwesen lag kurz vor der Waldgrenze, eingebettet in brachliegende Treppenfelder, in einem Gebiet, das es irgendwie verpasst hatte, zum Industriegebiet zu werden.

Für touristische Erschließung lag es zu hoch am Berg, zu oft im Nebel der kondensierenden Winde, die vollgepackt mit der Feuchtigkeit des Meeres heraufstiegen, um zu Nebel zu werden. Zudem war es nicht erschlossen. In dieser Gegend bot das Haus beste Voraussetzung, die teuflischen Geheimnisse zu verbergen, die in ihm geschahen. Mit seinen dicken Mauern versteckte es ihre Machenschaften perfekt.

Der Vollmond schaffte an diesem Abend eine besondere Atmosphäre, die des Meisters Pläne begünstigte. Als er aus Puerto heraus war, fand er sich mit seinem schweren Motorrad bald allein auf dem Bergweg, der über viele Kurven zum Treffpunkt führte. Nebelschwaden krochen wieder mal wie lebende Dämonen vom Atlantik her den Hang hinauf und hüllten ihn bis zur Taille ein. Er genoss es, zwischen ihnen dahinzurasen.

Bencomo wartete bereits vor der Tür, das empfand er als ärgerlich. Gran Tinerfe hatte ihm gegenüber große Vorbehalte. Er traute ihm nicht so recht. Er erkannte in ihm instinktiv einen starken Rivalen. Ihm tat es gut, dass Bencomo wenigstens warten musste, denn nur er selbst hatte den Schlüssel zum Versammlungsort. Er musterte den Wartenden, der neben seinem Motorrad stand, teilnahmslos und gönnte ihm nur einen flüchtigen Gruß. Nieten und Totenköpfe prägten dessen Erscheinungsbild. Das Nummernschild seiner Maschine ärgerte den Meister immer wieder. Mit dreimal der Ziffer 6, dem Satanszeichen, musste sich der Kerl natürlich hervortun!

Wie gern er gegen Gran Tinerfe opponierte, drang ihm aus allen Poren. Doch zum endgültigen Bruch, zum Entschluss, gegen den Meister zu rebellieren, fehlte ihm der Mut. Gran Tinerfe war es schon zu oft gelungen, ihm Grenzen aufzuzeigen und seinen rebellischen Geist einzubremsen.

Des Meisters Wissen über den Satanskult, seine emotionale Intelligenz und sein Charisma waren dem Bencomos weit überlegen und machten zurzeit eine Revolte zum vernachlässigbaren Risiko. Bencomo war sich aber sicher, seine Zeit würde kommen. Ich kann ihn im Moment einfach nicht angreifen, er hält zu viele Trümpfe in der Hand, dachte er auch heute.

Bis zum richtigen Zeitpunkt mussten ihm kleine Reibereien zum Frustabbau genügen.

Gran Tinerfe schloss die Tür auf. Durch das Schlüsselloch blickte tiefe Düsternis, und es roch nach modriger Feuchtigkeit, denn der Raum wurde selten gelüftet und beheizt.

Stumm begannen die beiden Männer, alles für die Sitzung vorzubereiten. Bald brannte eine Vielzahl von Kerzen. Der Altartisch, der den langen Sitzungstisch wie der Balken eines T abschloss, wurde mit dem bestickten Tuch verhüllt. Eine große hölzerne Satansfigur und ein mächtiges umgedrehtes Kreuz standen hinter dem Opfertisch und schimmerten im Licht der Kerzen.

Gran Tinerfe schaltete den verborgenen CD-Player an und sorgte für dumpfe, getragene musikalische Untermalung. Schließlich schlüpften die beiden Männer in ihre Roben, nun waren sie bereit für das Kommen der anderen. Die kamen pünktlich und begrüßten Gran Tinerfe ehrerbietig und voll Neugier darüber, was heute geschehen würde.

Mit einem Satansgebet eröffnete der Meister die Sitzung. Gebetsmühlenartig folgten seine Sätze den gebotenen Ritualen. Haschisch wurde verteilt. Es verging nicht viel Zeit, bis überall im Raum lustvoll gekifft wurde. Über dem Altartisch waberte eine aromatische Wolke. Gran Tinerfe hielt sich zurück.

Als sie zur Aussprache über Méndez' Verhaftung kamen, waren die Jünger durch die Drogen schon willige Werkzeuge in seiner Hand. Sie hatten hinter dem Nebel ihres Rausches die hässliche Wirklichkeit des Alltags verschwinden lassen. Sie trafen Beschlüsse nach seinen Vorgaben. Sie wollten sich mit Aktionen, wie dem Mord an der Engländerin, fürs Erste zurückhalten.

Bencomo war die vom Meister gewählte Taktik sofort klar gewesen. Er hatte sich ebenfalls mit den Drogen zurückgehalten und war kein williges Werkzeug wie die anderen. Er konnte in seinem Gesicht seine aufmüpfigen Gedanken kaum verbergen. Er hatte sich zwar durch Eid zu Gehorsam gegenüber dem Anführer verpflichtet, aber der missbrauchte nach seiner Überzeugung die ihm zugewachsene Macht. Bencomo hatte keine Angst vor den Untersuchungen der Polizei. Er wollte mit ähnlichen Aktionen weitermachen und hatte genügend Ideen dafür. Gran Tinerfe erschien ihm mutlos. Dass der für eine Pause plädierte, konnte nicht Satans Wille sein!

Er blieb trotzdem stumm und ließ den donnernden Redeschwall des Anführers ohne Widerworte im Raum stehen. Die Zeit war noch nicht reif für erfolgreichen Widerstand. Er zuckte zusammen, als ihn Gran Tinerfes Blick traf. »Du stimmst doch zu?«, fragte der mit eiskalter Stimme.

Bencomo schluckte schwer, dann antwortete er leise: »Aber ja«, und wusste sofort, dass er einen Fehler gemacht hatte.

»Etwas lauter«, tönte es ihm herrisch entgegen, und so log er notgedrungen laut und vernehmlich: »Ja.«

Die anderen registrierten seine Unterwerfung.

Nachdem der Meister ihn wieder einmal in die Knie gezwungen hatte, schenkte er ihm demonstrativ keine Aufmerksamkeit mehr und demütigte ihn so ein weiteres Mal.

Er wandte sich dem nächsten Thema zu: »Wir brauchen einen großen Schwarm Gleichgesinnter. Wo kann man besser untertauchen als in der Ähnlichkeit? Keiner wird uns darin entdecken. Ich erwarte von euch Vorschläge, wie wir unseren Zirkel verstärken können.«

Cacanaymo, der willfährige Buchhalter, bat um das Wort. Gran Tinerfe gewährte es ihm sofort, denn Cacanaymo war loyal auf seiner Seite.

»In Puerto findet in zwei Wochen ein Heavy-Metal-Konzert statt. Dort werden viele zugegen sein, die unsere Lebenseinstellung teilen. Dort wird zum ersten Mal die spanische Band Tierra Santa mit ihren Songs *El Baston del Diablo* und *Finisterra* aufspielen und für einen Menschenauflauf sorgen. Hier können wir bestimmt erfolgreich für uns werben.«

Gran Tinerfe fiel ihm theatralisch ins Wort. Er schob seinen goldenen Gürtel mit beiden Händen ruckartig hinab gegen die Hüften und schrie mit funkelndem Blick: »Wunderbar, wenn ihr Tierra Santa seht und hört, dann wird Freude und Begeisterung eure Herzen mit heißer Glut erfüllen! Den anderen wird es genauso ergehen.«

Mit hastig ausgestoßenen Worten fuhr er fort: »Bindet sie an euch als Jünger, hübsch an der Schnur aufgereiht, wie Fischer Fische zum Trocknen an die Schnur binden. Auf dass sie wie wir werden!«

Ein weiterer Gedanke kam ihm in den Sinn: »Seht zu, dass wir auch eine passende Frau für unsere Messe finden«, sagte er.

»Dafür dürfte das Metal-Konzert der falsche Ort sein«, warf Bencomo zu Gran Tinerfes Ärger ein. »Dort herrschen die Männer. Die wenigen

Frauen, die man dort trifft, halten sich auch eher für Männer. Die Sängerin Zoe Stroebe schrie bei einem solchen Event in ihr Mikrofon: Ich bin ein Kerl mit Titten!«

Keiner lachte über den Einwurf.

»Wie wäre es dann mit deiner Kleinen, oder bist du gerade solo?«, antwortete Gran Tinerfe spitz.

Zufrieden sah er, dass seine verbale Ohrfeige saß.

Hätte ich jetzt ein Blutdruckmessgerät bei mir, sähe ich, wie ich seinen Blutdruck nach oben gebracht habe, dachte er und grinste voll Häme.

Er gab noch einige Verhaltensregeln aus, die sie beachten sollten: »Unsere Polizei ist nicht dumm, sie wird dem Konzert große Aufmerksamkeit widmen. Nach dem Tod der alten Engländerin werden sie nach Bruderschaften wie uns Ausschau halten. Wir müssen uns geschickt verbergen, damit sie uns nicht am Fell flicken können. Taucht deshalb einzeln in der Masse der Zuschauer unter, und tretet nicht als Gruppe auf. Verdeckt eure Gesichter mit Motorradhelmen, Motorradbrillen und Ähnlichem, dann könnt ihr später nicht identifiziert werden.

Im Übrigen erwarte ich von euch, dass jeder einen Neuen für unsere Gemeinschaft findet. Schaut euch sorgfältig um, fühlt den Kandidaten auf den Zahn, und wenn ihr euch entschieden habt, bringt sie nach dem Konzert mit zu unserem Treffpunkt auf dem Plateau über Corujera. Fahrt auch dorthin einzeln, und bringt die Probanden auf euren Motorrädern mit. Ich werde mir für sie eine Mutprobe ausdenken. Wenn sie bestehen, können sie noch am gleichen Abend unserem Kreis beitreten. Wir wollen wachsen und gedeihen.«

Damit war alles gesagt und das Treffen näherte sich mit einer Lobpreisung Satans dem Ende.

Dienstbare Hände verwandelten die Halle zurück in ihren profanen Zustand, und die Männer schlüpften wieder in ihre Ledermonturen. Sie waren bereit für den Rückweg.

Der Nebel hatte sich auf den Boden gesetzt. Die Fahrbahn glänzte unter den Scheinwerfern der Maschinen vor Nässe und war rutschig geworden. Gran

Tinerfe wollte trotzdem mit seiner Fahrkunst brillieren und fuhr riskant und schnell voran. Bencomo stand ihm, wie immer, nicht nach und klebte an seinem Hinterrad. Er tat dies stressfrei, denn er hielt sich für den besseren Fahrer. Cacanaymo verspürte er in seinem Nacken, der fahrtechnisch dazu nur schwer in der Lage war. Er erfüllte mit letzter Kraft auch jetzt des Meisters Befehl, Bencomo nicht aus den Augen zu lassen. Der hatte dies sehr wohl erkannt und ihn schon in mehreren Kurven durch plötzliches Bremsen ins Schwitzen gebracht. In einer besonders spitzen Kehre führte ein Ausbremsen zum Unfall. Cacanaymo kam ins Schleudern, rutschte von der Straße und raste einen Steilhang hinab. Seine Maschine überschlug sich dreimal mit viel Getöse, bevor der Motor verstummte. Nur der Scheinwerfer leuchtete noch und traf mit seinem weißen Licht auf das leblose Bündel Mensch, das kurz vor dem Vorderrad lag. Cacanaymo rührte sich nicht mehr.

Gran Tinerfe bemerkte erst, dass hinter ihm etwas geschehen war, als ein Hupkonzert einsetzte. Es klang wie ein Fanal über die menschenleere Bergstraße.

Er bremste, wendete, setzte zurück und traf die anderen in einem Kreis von aufgeblendeten Scheinwerfern.

»Was ist los?«, fragte er ungnädig.

»Cacanaymo ist kopfüber den Hang hinuntergefahren. Ich glaube, ihm ist etwas Schlimmes passiert«, antwortete Chincanayro.

»Vielleicht ging Cacanaymo mit seiner Maschine an die Grenze, um den Geist der Finsternis zu ehren«, mutmaßte Beneharo.

»Cacanaymo hatte bestimmt zu viel gekifft«, schob Bencomo mit einem Erklärungsversuch die Schuld auf den Verunfallten selbst und lenkte von seinem Dazutun ab. Keiner widersprach ihm, nur Gran Tinerfe sah ihn giftig und voll Misstrauen an. Wenn Blicke töten könnten!

Der Widerling wird sich schon noch die Finger verbrennen, unerwartet, wie an der Glut unter kalter Asche, dachte der Anführer grimmig.

»Cacanaymo ist tot!«, ertönte es von unten aus dem Hang. »Exitus!«

Der bedächtige Pelicar hatte als Einziger überlegt gehandelt und versucht, Cacanaymo zu Hilfe zu eilen. Doch sein Rettungsversuch war vergeblich geblieben.

In Gran Tinerfes Kopf überschlugen sich die Gedanken. »Merda!«, zischte er, um Luft abzulassen. »Das fehlt uns gerade noch, wo die Guardia wegen Méndez schon verrückt spielt. Wir müssen unsere Spuren so gut wie möglich verwischen. Die Kerle dürfen nichts finden. An die Arbeit, Männer! Schraubt die Nummernschilder von seiner Maschine ab, nehmt sie mit und entsorgt sie an anderer Stelle. Plündert Kleidung und Satteltaschen des Toten. Dann lasst das Kraftrad im Brombeerhag verschwinden, wenn es irgendwie geht, auf Nimmerwiedersehen. Im Hang sind Stollen, in denen Sickerwasser gesammelt wird. Schiebt den Toten hinein, möglichst tief, dort wird man kaum nach ihm suchen. Jede Woche, die er nicht gefunden wird, ist eine gewonnene Woche für uns. Und nun macht voran!«

Seine Männer waren Befehle gewohnt, und ihre Aktionen griffen wie die Räder eines Uhrwerks ineinander.

Es dauerte nicht einmal eine Viertelstunde, bis alles, was der Meister aufgetragen hatte, erledigt war.

Ohne weitere Worte zu verlieren, stoben die Satansjünger davon, weg von dem unseligen Ort.

In Bencomo rührte sich Triumph über seine unentdeckte Tat, aber er ahnte, dass ihn Gran Tinerfe in Verdacht hatte.

Es sollten nur drei Tage vergehen, bis die Leiche Cacanaymos gefunden wurde. Ein verwahrloster Köter versuchte in das Rohr einzudringen und an den Leichnam zu kommen. Ein alter Bauer auf seinem Feld beobachtete ihn und wurde neugierig. Seinen grausigen Fund meldete er der Guardia Civil.

Da die Leiche Motorradkluft trug, suchten die Beamten auch nach einer Maschine und fanden sie in den Brombeersträuchern. Nun wurden die Vertuschungsbemühungen der Teufelsjünger ihnen zum Verhängnis. Das Verstecken der Leiche und des Motorrads sowie die abgeschraubten Schilder bewiesen Fremdmitwirkung und legten ein Tötungsdelikt nahe.

Da am Tatort nichts zu finden war, lief die übliche Fahndungsmaschinerie an.

Die Überprüfung des Körpers brachte das Tattoo auf dem rechten Oberarm zu Tage. Spezialisten interpretierten es richtig als das Zeichen Asmodis und sahen darin den Hinweis auf Teufelsanbetung. Eine Kette mit umgedrehtem Kreuz am Hals des Toten lieferte den zweiten Beleg. Dass der Tote zum Todeszeitpunkt unter Drogen stand, wurde ebenfalls festgestellt.

»Es war besonders reiner Stoff«, erklärte der Arzt den Polizisten. »Vielleicht hilft euch das weiter.«

Ramón nickte zerstreut.

Mit einem Bild des Toten wurde mehrere Tage in den Tageszeitungen nach dessen Identität geforscht.

Erst am dritten Tag meldete sich sein Arbeitgeber und identifizierte ihn als Francisco Lugos.

Lugos Vorliebe für Satanismus war niemandem in seinem Umfeld bekannt gewesen. Er war nicht vorbestraft, ledig; Freunde meldeten sich nicht. Lugos, alias Cacanaymo, war einer dieser armen Schweine, die erst in der Zugehörigkeit zu dem Zirkel Identität und Heimat gefunden hatten.

Die Jagd nach des Pudels Kern musste weitergehen.

»Wir haben keine Chance, also lasst sie uns nutzen!«, forderte Teniente Morales seine Kollegen sarkastisch zum Weitermachen auf.

6.

Als alle Untersuchungsergebnisse zum Tode von Francisco Lugos vorlagen, trafen sich Ramón und seine Kollegen zu einem Brainstorming auf dem Revier.

Ana, Ramóns Assistentin, war dabei, um alle Überlegungen schriftlich festzuhalten. Der Gerichtsmediziner Dr. Mendoza sollte über den medizinischen Befund referieren. Vincente Morales und Cabo Vidal waren zuständig für alles, was man an der Unfallstelle gefunden hatte. Natürlich war Teresa anwesend, nicht nur weil Ramón ihr das versprochen hatte, sondern weil ihre psychologischen Folgerungen allen unentbehrlich erschienen.

Als Teresa in den Raum trat, blühte sie förmlich auf, denn sie merkte sofort, wie sie mit ihrer weiblichen Ausstrahlung zum Mittelpunkt der Runde wurde. Es regten sich sogar ein wenig Schuldgefühle gegenüber Ana in ihr, die nicht die gleiche Aufmerksamkeit fand. Ramón hatte mit der Beurteilung ihrer Wirkung wohl recht gehabt.

Er zwinkerte ihr zärtlich zu, gönnte ihr ansonsten aber keine Bevorzugung. Er wandte sich an den Gerichtsarzt: »Nun, Doktor, ich hoffe, Sie haben etwas für uns, was uns weiterbringt. Uns brennt es ganz schön unter den Nägeln. Die Presse und das Ministerium machen Druck. Sie wollen Ergebnisse sehen, und am liebsten schon gestern.«

Dr. Mendoza hatte den Bildschirm seines Laptops aufgeklappt und scrollte mit seinen kräftigen Fingern in der Datei, welche das Prüfungsergebnis »Lugos« enthielt. Er räusperte sich nervös und konnte kaum erwarten, seinen Bericht vorzutragen.

Teresa mochte den Kollegen gern, nicht nur wegen seines profunden Fachwissens, sondern auch wegen seiner unkomplizierten Art. Nur sein makabrer Humor ging manchmal für ihren Geschmack zu weit.

Sie hatte sich den Ernst für die Tragik einzelner Fälle bewahrt und mochte es nicht, wenn Kollegen, wie dies unter Medizinern oft üblich war, ihre Gefühle mit besonders schnoddrigen Äußerungen übertünchten.

Sie schaute erwartungsvoll zu dem Arzt hin und konnte sich ein Lächeln nicht verkneifen, als sie sah, wie sein ansehnliches Doppelkinn vibrierte, während er ungeduldig mit den Fingern auf den Tasten des Computers herumhackte.

Nach einer kleinen Kunstpause begann er: »Lassen Sie mich mit dem Einfachsten anfangen. Alle Verletzungen des Toten sind auf einen Sturz vom Motorrad zurückzuführen. Er brach sich beim Aufprall auf dem harten Boden das Genick und war sofort tot. Durch den Sturz ergaben sich noch einige leichtere Brüche, die nicht ursächlich für sein Ableben waren.

Der Bruch des linken Wadenbeins und eine zertrümmerte Kniescheibe, ebenfalls auf der linken Seite, zeigen, dass Lugos bei seiner Landung auf der linken Seite aufgeschlagen ist. Der harte Felsboden des Hangs begünstigte diese Verletzungen.«

Vincente Morales kommentierte nun den Befund: »Ich war bei der Bergung des Toten dabei und habe die Unfallstelle gesehen. Ich wette alles, was ich besitze, darauf, dass niemand einen Sturz von da oben überleben kann.«

»Wir haben Fotos vom Unfallort«, meldete sich Cabo Juan Vidal eifrig. »Allerdings keine Bilder mit Spuren des Unfallhergangs. Die haben wir nach drei Tagen unterschiedlichsten Wetters nicht mehr ausmachen können.«

Ramón bremste Vidals Elan: »Ich glaube, wir brauchen die Fotos jetzt nicht, wir sollten lieber dem Doktor weiter zuhören. Er ist noch nicht zum Ende gekommen.«

Vidal errötete unter dem verdeckten Tadel seines Chefs. Teresa tat er leid. Sie erinnerte sich noch gut daran, wie er früher sogar ins Stottern kam, wenn sie nur eine Frage an ihn gerichtet hatte. Das war heute nicht mehr der Fall. Meine Wirkung als Frau auf ihn hat doch nicht nachgelassen?, dachte sie mit Selbstironie.

Dr. Mendoza ergriff wieder das Wort: »Die Blutuntersuchungen ergaben, dass Francisco Lugos Haschisch zu sich genommen hatte. Die Obduktion, genauer gesagt das Öffnen seines Schädels, hat noch die Bestätigung gebracht, dass dieser Konsum kein Einzelfall war. Lugos war schon länger in einen Teufelskreis aus Drogensucht und Alkohol geraten. Ich nehme an, er hatte schon Gedächtnisprobleme und seine geistige Leistungsfähigkeit baute sich bereits ab.

In seinem Gehirn war das komplexe Netzwerk von Nerven und Blutgefäßen in mehreren Bereichen erheblich zerstört. Studien sagen dazu, dass eine solche Degeneration nur nach längerem Drogenkonsum eintritt. Wir können dies also als gesicherte Erkenntnis nehmen.«

Allen voran zeigte sich Teresa von diesen Ausführungen betroffen. Ihre Aufmerksamkeit ließ nicht nach, bis der Doktor den Text seines Berichts auf dem Bildschirm weiterwandern ließ und fortfuhr: »Etwas muss noch mal in Erinnerung gerufen werden: Wir haben auf der Innenseite seines rechten Oberarms ein Tattoo gefunden.« Dr. Mendoza ließ ein Foto herumgehen. Teresa quittierte das schreckliche Abbild mit einem kleinen Schrei. Der Doktor nahm die Frage, die er in ihrem Blick sehen konnte, auf: »Spezialisten haben es als ein bekanntes Idolum von Teufelsanbetern identifiziert. Auf jeden Fall ist es kein Schmucktattoo, dann wäre es nicht auf der Innenseite des Arms angebracht, wo es kaum sichtbar ist, sondern irgendwo an der Außenseite. Wir können davon ausgehen, dass es ein geheimes Erkennungszeichen einer Gemeinschaft ist.«

»Haben die Spezialisten auch einen Namen für diese Scheußlichkeit?«, fragte Teresa nach.

Der Arzt beeilte sich zu antworten: »Es ist Asmodi, der König der Dämonen. Der Unhold passt in unsere Überlegungen genau wie das umgedrehte Silberkreuz, das Lugos um den Hals trug.«

Für einen Moment blieb es ruhig im Zimmer. Als klar war, dass Dr. Mendoza seinen Bericht beendet hatte, übernahm Ramón wieder die Direktive. Er schaute zu dem Cabo hinüber und griff dessen Redebeitrag auf: »Die Stelle, an der wir Lugos' Leiche und sein Motorrad fanden, gab keine verwertbaren Hinweise her. Eines ist jedoch sicher: Lugos kann bei dem Unfall nicht allein gewesen sein. Schließlich wurden sein Leichnam und seine Maschine nach dem Unfall versteckt. Vielleicht war eine Gruppe zusammen auf Fahrt, und der vor Lugos in der Kolonne fuhr, hat ihn ausgebremst. Dann hätten wir es mit Mord zu tun. Dazu fehlen uns allerdings Beweise. Wir können lediglich annehmen, dass Lugos mit Gleichgesinnten unterwegs war. Vielleicht waren sie auf dem Weg von oder zu einem Treffen.«

Teresa meldete sich zu Wort: »Mit großer Wahrscheinlichkeit haben wir es mit einem Männerbund zu tun. Dafür sprechen statistisch abgesicherte Fakten: Drogenabhängige sind sowieso zu 80 % Männer. Oftmals finden sich Männer zusammen, die neben Drogenabhängigkeit ein vergleichbares Manko haben. Schulversagen und Lernbehinderung gehören dazu. Sie finden sich übrigens ebenfalls zu 70 % bei Männern.«

»Nun mach aber mal halblang«, unterbrach sie Ramón. »Dann müsste ja fast jeder Aufsichtsrat Lernbehinderte und Drogenabhängige in seinen Reihen haben.«

Ramón hatte die Lacher auf seiner Seite, bis Teresa ihn cool fragte: »Bezweifelst du das? Deine Interpretation statistischer Daten scheint mir allerdings nicht ganz sachgerecht.«

Ramón ging auf den Seitenhieb nicht ein und fuhr fort: »Wir müssen unbedingt nachsehen, ob es im Bereich des Unfallortes eine geeignete Stelle für eine Versammlung gibt. Wir hatten in den Tagen des Unglücks Vollmond, da treffen sich diese Verrückten gern.«

Vincente Morales schüttelte den Kopf. »Dort oben eine Kultstätte zu finden, wird schwer sein. Meist treffen sich solche Gemeinschaften schon wegen des milden Klimas in freier Natur. Am Unglücksort gehen die Felder in den Wald über, da gibt es für solche Treffen versteckte Stellen zuhauf. Wir würden uns zu Tode suchen.«

»Wegschauen und Verdrängen ist auch nicht die richtige Antwort«, meinte Ramón. »Wir dürfen keine Möglichkeit auslassen! Eines noch: Wir müssen aufpassen, dass die Presse nicht zu schnell unsere Schlussfolgerungen nachvollzieht und eins und eins zusammenzählt. Mein Instinkt täuscht mich selten. Wir haben es mit einem Fall zu tun, in dem alles enthalten ist, was die Schreiberlinge so richtig scharf macht: Mord,

Drogen, Sektenwahn und was sonst noch hinzukommen mag«, ergänzte Ramón ahnungsvoll.

»Deshalb sollten wir auch rund um das Heavy-Metal-Konzert Vorkehrungen treffen. Vor und danach muss die Stadtpolizei gezielt Motorradfahrer überprüfen«, empfahl Teniente Morales.

»Du willst doch nicht nach dem Tattoo suchen lassen? Dafür gibt es keine rechtliche Grundlage«, warf Teresa entrüstet ein. »Eine solche Untersuchung wäre höchstens auf freiwilliger Basis möglich.«

»Hast du eine Sau schon einmal freiwillig zum Metzger gehen sehen?«, brummte Morales.

»Es kommt ganz darauf an, wie man das anpackt«, versuchte Ramón, die beiden zu versöhnen. »Die Kontrolle kann doch bei einer Überprüfung nach Rauschgift erfolgen. Dafür ist es möglich, eine Leibesvisitation vorzunehmen und dabei nach einem Tattoo zu sehen.«

Teresa wollte keine Konfrontation und ließ es dabei bewenden. Doch dann äußerte sie noch eine Idee: »Mit diesen Hintergrundinformationen scheint es mir lohnenswert, Méndez noch einmal ins Gebet zu nehmen.«

Ramón stimmte ihr zu.

Als sie auseinandergingen, schaute Teresa auf die Uhr. Die Mutter in ihr meldete sich, sie wollte ihre Tochter nicht zu lange unter fremder Aufsicht lassen, aber es schien ihr dann doch noch früh genug, um ins Untersuchungsgefängnis zu fahren. Sie wollte bei der Befragung von Méndez die Informationen noch frisch im Gedächtnis haben. Sie besprach ihr Vorhaben mit Ramón, und der versprach ihr, das Erforderliche in die Wege zu leiten. Die Kollegen verabschiedeten sich voneinander, und Teresa machte sich auf den Weg in die Haftanstalt.

7.

Juan Méndez wurde in den Besprechungsraum geführt, wo Teresa schon auf ihn wartete. Sie musterte ihn und schob dabei nachdenklich eine Haarlocke hinters Ohr. Resignation und Elend sah sie in seinem Gesicht. Falten hatten sich in seine Stirn gegraben, und ein harter Zug lag um den Mund, der zu einem verkniffenen Strich geschrumpft war. Seine Fäuste waren so fest zusammengeballt, dass seine Knöchel weiß hervortraten. Juan Méndez erschien ihr seit dem ersten Verhör sogar ein wenig ergraut. Sie wusste, dass plötzlicher Farbverlust der Haare als Stressreaktion eintreten konnte. Wenn man viel mit sich zu kämpfen hatte, wurden die dafür benötigten Muskeln und die Lunge besonders gut durchblutet. Das ging dann zulasten der weniger wichtigen Körperteile wie eben der Haare.

Juan Méndez hatte zu kämpfen! Er hatte auch schon den Blick der Leere an sich, den viele bekamen, die einsitzen mussten. Langeweile, Einsamkeit und Trostlosigkeit sowie die Erkenntnis, dass dies für lange Zeit so bleiben würde, waren die Gründe dafür. In der Zelle hat ihn das Einsamkeitsgefühl schon wieder erfasst, das ihn der Sekte in die Arme getrieben hat, dachte Teresa. Er braucht Kontakt, er will nicht allein sein, er steht kurz davor, mit mir zu kooperieren, wenn ich ihm nur helfe. Ich muss ihn mit Versprechungen darin bestärken.

Mit Teilnahme in der Stimme wandte sie sich an ihn: »Da bin ich wieder, ich hatte es ja versprochen. Jetzt können wir dort ansetzen, wo wir aufgehört haben. Ich will Ihnen wirklich helfen.«

Erst guckte er sie skeptisch an, doch dann signalisierte er Zustimmung: »Dein Wort in Gottes Gehörgang! Ich kann Hilfe gebrauchen.«

Ich habe ihn richtig eingeschätzt, dachte sie zufrieden. »Wenn ich Ihnen helfen soll, muss ich alles über Sie wissen, warum Sie sich von der Sekte angezogen fühlten, was dort passiert ist und was Sie zu der Tötung der Engländerin getrieben hat«, erklärte sie ruhig. »Ich habe bei unserem letzten Treffen Aufzeichnungen gemacht, wir werden sie Wort für Wort durchgehen, vielleicht fällt Ihnen noch etwas ein, was mir hilft, alles noch besser zu verstehen.«

Sie gingen den Zeitabschnitt durch, bis Méndez mit den Teufelsanbetern zu deren Haus gekommen war.

Er konnte nur alles bestätigen, was sie notiert hatte. Nichts Zusätzliches fiel ihm ein. Teresa hatte so gehofft, er könne sich vielleicht an Nummern der Motorräder erinnern oder wenigstens an Teile von ihnen.

»Ich war zu sehr vom Auftreten der Männer beeindruckt, um mich mit so etwas zu beschäftigen. Außerdem hätte ich die Nummern bis heute längst wieder vergessen. Ich kann mir Zahlen nämlich nicht gut merken«, erklärte er. Teresa sah das ein. Dann hatte er doch noch einen nützlichen Einfall: »Ich habe die Biker vor dem Castillo di San Felipe getroffen. Dort an der Uferstraße zeigen sich Motorradfahrer gern.«

Teresa erschien diese Anmerkung wichtig. An gleicher Stelle würde das Heavy-Metal-Konzert stattfinden, und es war nun erst recht zu vermuten, dass die Männer dort wieder auftauchten.

Als sie auf das Haus der Sekte zu sprechen kam, hatte Juan Méndez eine weitere Information für sie: »Bevor sich die Finsternis vor meinen Augen wieder in Licht verwandelte, konnte ich das Quietschen von Scharnieren hören. Das passierte bestimmt, als jemand die Tür aufschloss. Direkt danach führte man mich über eine Schwelle in den Raum. Ich habe unter meinen Füßen gespürt, wie der Bodenbelag sich änderte. Ich trat eindeutig auf einen von Menschenhand gefertigten Boden.«

»Das ist gut, wie Sie das machen«, lobte ihn Teresa. »Sie sind sehr gründlich in Ihrer Erinnerung, so können Sie mir bestimmt helfen.«

Sie fragte ihn nach der Stimme des Sektenmeisters. Juan Méndez dachte einen Augenblick nach, doch dann schüttelte er den Kopf: »Sie war wie alle anderen dumpf, das lag daran, dass sie hinter der Maske hervorkam. Alle Wortmeldungen wirkten gleichermaßen verfälscht, Unterschiede wurden verwischt.«

»Haben Sie auch Frauenstimmen gehört?«, wollte Teresa wissen.

»Nein«, antwortete er bestimmt. »Selbst wenn eine so tiefe Stimme wie deine dabei gewesen wäre, hätte ich die einer Frau zugeordnet.«

Teresa unterdrückte ein Lächeln und fuhr fort: »Ist Ihnen sonst etwas aufgefallen, was typisch für den Anführer war? Hat er zum Beispiel geschrien, gedroht oder sonst etwas getan, was ihn von den anderen abhob?«

»Da fällt mir nichts ein. Er war allerdings der Einzige, der aufgestanden ist, und so kann ich sagen, dass er mittelgroß war, ich schätze ihn auf etwa einen Meter achtzig.«

»Das ist doch schon etwas«, ermunterte ihn Teresa, sich weiter zu erinnern. Doch sie musste erkennen, dass nichts Wichtiges mehr aus ihm herauszubekommen war. Sie versprach ihm zum Abschied, ihn bald wieder zu besuchen. Sie hatte die vage Hoffnung, dass er ihr noch von Nutzen sein könnte, zum Beispiel bei einer Gegenüberstellung, sollten sie einen Verdächtigen ergreifen.

Als die Psychologin ging, sah sie Skepsis in Juan Méndez' Augen. Er war im Zweifel, ob er alles richtig gemacht hatte. War seine Freimütigkeit wirklich für ihn zum Vorteil gewesen?

Am Abend tauschte Teresa die wenigen Erkenntnisse, die das Gespräch gebracht hatte, mit Ramón aus.

»Du siehst dich also darin bestätigt, dass es sich bei der Clique um eine reine Männergesellschaft handelt?«, fragte er sie.

»Ja, es scheint so zu sein, dass zum engen Kreis nur Männer gehören. Das bedeutet aber nicht, dass bei bestimmten Treffen nicht auch Frauen ins Spiel kommen. Sex gehört bei Satansgruppen genauso dazu wie das Opfern von Tieren. Hier kann noch einiges auf uns zukommen.«

»Da sind wir uns einig«, brummte Ramón nachdenklich.

»Juan Méndez hat wenigstens in einem Punkt die Notwendigkeit von Nachforschungen eingegrenzt. Die Männer trafen sich in einem Haus. Wir müssen also nicht nach Treffpunkten in den Wäldern suchen«, resümierte Teresa. »Das wird unsere Suche erleichtern.«

Ramón sah das etwas anders und wiegte zweifelnd den Kopf: »Das scheint mir nicht zwingend zu sein. Die Kerle könnten das eine tun, ohne das andere zu lassen. Insbesondere, wenn sie nicht im engsten Kreis zusammentreffen, halte ich eine Zusammenkunft im Wald, fern anderer Menschen, für denkbar. Wir sollten in beide Richtungen ermitteln. Im Übrigen glaube ich, Méndez hat nun für uns alles, was möglich war, beigetragen.«

»Ja, der Mohr hat seine Schuldigkeit getan … Nach dem Prozess werden sie ihn für immer wegsperren, zum guten Schluss in Sicherungsverwahrung. Ich werde mich aber weiter um ihn kümmern, das habe ich ihm versprochen.«

Die Nachforschungen liefen die ganze nächste Woche und blieben ohne Erfolg. Teniente Morales hatte zwar sofort an den Bauer gedacht, der die Leiche von Lugos gefunden hatte. Doch auch er konnte ihnen nicht helfen. »Hier donnern Richtung Teide-Plateau am laufenden Band Motorräder vorbei«, hatte er erklärt. Ähnlich äußerten sich auch andere Befragte. Es wurde immer wahrscheinlicher, dass die Beamten erst rund um das Heavy-Metal-Konzert eine Chance bekamen, Sektenmitglieder zu enttarnen. Hoffentlich passierte nicht noch vorher etwas Schlimmes, das wollte keiner von ihnen herbeireden.

8.

Gran Tinerfe schritt durch die Altstadt von Puerto, ohne den gewichtigen Gang zu verbergen, den er für seine Auftritte eingeübt hatte.

Auch seine Kleidung passte zu den Vorlieben in der Bruderschaft. Er trug ein schwarzes Polohemd aus merzerisierter Baumwolle, eine schwarze Jeans mit einem Gürtel, auf dem eine Silberschließe mit geheimnisvollen Runenzeichen glänzte, dazu schwarze halbhohe Stiefel mit gefährlichen Spitzen und leicht erhöhten Absätzen. Sein mit Gel geglättetes schwarzes Haar verlieh ihm eine mephistophelische Aura.

Diese Manierismen und der besondere Ausdruck in seinem alltäglichen Verhalten halfen ihm über die Zeit hinweg, in der er nicht sein konnte, was er am liebsten sein wollte.

In den letzten Tagen war er immer unruhiger geworden. Das Heavy-Metal-Konzert rückte heran. Direkt am Meer wollte er mit den anderen nach neuen Mitgliedern fischen, in die Ähnlichkeit tauchen. Er grinste über den blumigen Ausdruck, den er bei ihrem letzten Treffen dafür gewählt hatte.

Er wollte seine Anhängerschaft vergrößern und dadurch mächtiger werden. Er war unsicher, ob alle wirklich hinter ihm standen, und wünschte sich eine loyale Verstärkung. Besonders gegenüber Bencomo quälte ihn tiefes Misstrauen. Warum war Cacanaymo gerade zu Tode gekommen, als er auf seinen Befehl hin ein Auge auf ihn halten sollte? Hatte Bencomo nachgeholfen? War sein treuester Vasall getötet worden, um ihn, den Meister zu bestrafen? Es schien ihm auf einmal bedenklich, mit Bencomo überhaupt noch auf Fischfang zu gehen. Vielleicht schleppte er ihm weitere giftige »Ähnlichkeit« ins Haus.

Der Tag des Konzerts war herangekommen. Die Straßen Puertos füllten sich schon um die Mittagszeit mit abenteuerlichen Gestalten. Wo sonst Urlauber in ihrer legeren Ferienkleidung das Bild beherrschten, bestimmten nun, trotz warmen Temperaturen, Motorbiker in schwerer Lederkluft das Straßenbild. Überall röhrten Maschinen und gaben einen Vorgeschmack auf das zu erwartende Musikgetöse am Abend. Bald waren alle Straßenlokale überfüllt, und an den Stühlen hingen oder
auf den Tischen lagen die Helme der Männer mit den mächtigen Stahlrossen.

Anstatt *Cortado* und *Café con leche* wurden in Strömen Bier und Wein ausgeschenkt.

Polizeistreifen waren mehr als sonst unterwegs, doch fürs Erste blieb es friedlich. Die Beamten hatten Befehl, nicht zu provozieren.

Als sie begannen, nach Rauschgift und dabei heimlich nach den Tattoos zu suchen, kam Unruhe unter den Bikern auf.

Die Anweisung, nur Gruppen zu überprüfen, erwies sich als fataler Fehler. Keiner der Tattooträger ging dadurch ins Fahndungsnetz. Sie hatten sich auf Geheiß Gran Tinerfes vereinzelt und unterschiedlich zurechtgemacht. Acaymo, Bencomo und Beneharo trugen schwere Motorradbrillen wie Sonnenbrillen und verdeckten damit ihre Gesichter bis zur Unkenntlichkeit.

Chincanayro und Pelicar hatten das Gleiche mit viel Schminke erreicht. Ihre Gesichter waren mit Satanssymbolen bedeckt, ganz wie sie die Sänger ihrer Lieblingsbands am Abend tragen würden.

Überhaupt hatten viele der Fans ihr Gesicht als Fratze ausgemalt, um ihren Idolen ähnlich zu sein.

Die Schminke hatte den Vorteil, dass man sich hinter ihr unerkannt ausleben konnte.

Anaterve war gar nicht dabei, er fühlte sich unpässlich.

Es gab genügend Menschen, die während der Zeit des Wartens auf das Konzert ihren Reibach machten. Das galt nicht nur für die Kneipenbesitzer.

So hatte am Weg zum *Playa Jardin* eine Wahrsagerin ihren Stand aufgebaut. Insbesondere junge Frauen fragten ihre Dienste nach und wollten wissen, wie es für sie mit der Liebe stand. An Schmuckständen animierten Verkäufer die Vorübergehenden ohne »Kriegsschmuck«, sich noch auszurüsten. Für Schminkstifte und martialischen Schmuck öffneten sich die Geldbeutel fast zwanghaft.

Atgu-Axona und Bentor hatten sich früh unter die Leute gemischt, sie trugen Stahlhelme mit Runenzeichen über geschwärzten Gesichtern.

Gran Tinerfe ging ohne Gesichtsschutz. Er setzte sich damit über seine eigene Anweisung hinweg. Er hatte den Neuen, den er präsentieren wollte, längst ausgemacht. Er hatte einen jungen Mann im *Ebony*, einem Café an der Kirche *Nuestra Señora de la Pena*, ausgesucht. Dort ging er wegen der groovigen Musik gern hin. Er war sich schnell sicher gewesen, dass er in dem jungen Mann Ersatz für Cacanaymo finden würde. Er hatte sich auch schon ausgedacht, wie er ihn erfolgreich durch die Mutprobe bringen könnte.

Beneharo ergatterte in der *Calle Enrique Talg* vor dem Restaurant *Bambi* einen Sitzplatz und war dort mit mehreren jungen Kerlen ins Gespräch gekommen.

Bald hatte er einen von ihnen als Kandidaten im Visier. Der Mann hieß Victor Vega und war begeisterter Motorradfahrer. Auch für den Satanskult hatte er einiges übrig und war nach mehreren Runden Rotwein interessiert, nach dem Konzert mitzukommen, um sich die Vereinigung anzusehen.

Eine gute Portion Haschisch hielt Beneharo in der Hinterhand, die wollte er Vega kurz vor der Abfahrt anbieten, damit er am Treffpunkt euphorisch ankam, ungehemmt und kritiklos war.

Atgu-Axona hatte im großen Biergarten auf dem *Plaza del Charco* nach mühsamer Überzeugungsarbeit Erfolg gehabt. Sein neuer Begleiter hieß Alonso Peraza und war zum guten Schluss bereit mitzukommen. Doch der junge Mann wollte erst einmal einige Fragen beantwortet wissen: »Wie kommt man überhaupt auf die Verehrung Satans?«

Atgu-Axona holte für eine Erklärung weit aus und wurde fast philosophisch: »Ursprünglich gab es im christlichen Glauben als Helfer Gottes nur gute Engel. Luzifer, der Lichtbringer, war einer von ihnen, doch er lehnte sich eines Tages gegen Gott auf. Mit vielen Verhaltensvorschriften konnte er nicht einig gehen. Er und seine Anhänger wurden jedoch vom Erzengel Michael besiegt und in die Hölle vertrieben. Luzifer wurde von da an Satan genannt und diente dem Bösen. So verführte er auch Adam und Eva zum Sündenfall.«

»Was hat denn Luzifer nicht gepasst?«

»Das ist schnell aufgezeigt. Viele Ungereimtheiten in der Bibel legen die Gründe dafür offen.«

»Was meinst du mit Ungereimtheiten in der Bibel?«

»Ich werde dir einige Beispiele nennen: Nach den Worten der Bibel hat Satan Adam und Eva verführt, einen Apfel vom Baum der Erkenntnis zu essen. Das nennen die Christen die Erbsünde. Demzufolge ist es für den Christengott eine Sünde, nach dem Licht der Erkenntnis zu streben. Das können weder Luzifer noch wir als seine Anhänger einsehen. Ein zweites Beispiel ist ähnlich krass: Der Gottessohn verlangt, man solle jeden lieben und einem Feind sogar die andere Wange zum Schlag hinhalten. Wenn man aber jeden liebt, verliert man seine natürliche Kritikfähigkeit. Wir halten die Liebe *neben* dem Hass für das höchste Gut. Jeden zu lieben schmälert den Wert dieses Gutes. Wenn man zum richtigen Zeitpunkt hasst und Wut gegenüber demjenigen freisetzt, der es verdient, reinigt man sich von dieser bösartigen Emotion und hält die reine Liebe für seine Freunde zurück.«

Peraza nickte. »Das erscheint mir richtig. Habt ihr noch weitere Kritikpunkte?«, fragte er.

Atgu-Axona war in seinem Element: »Der Gott der Christen verlangt in Gesetzen und Vorschriften absolute Demut und Gehorsam, stattdessen gestattet unser Herr, Luzifer, Regellosigkeit, Forscherdrang und Neugierde. Er steht für körperliche Lust, Lebensfreude, Verführungskunst und Rausch. Er schürt unseren Wagemut und revolutionäre Gedanken. Er fordert uns auf, aufmüpfig zu sein, und das wollen wir.«

»Das gefällt mir«, antwortete Peraza.

»Weitere Einzelheiten darfst du erst erfahren, wenn du nach einer Prüfung einer der Unsrigen geworden bist«, kam Atgu-Axona weiteren Fragen zuvor.

»Was heißt Prüfung?«, wollte sein Kandidat trotzdem wissen.

Atgu-Axona musste doch noch einmal antworten: »Jedes Ding hat seinen Preis, auch die Mitgliedschaft bei uns. Unsere Bruderschaft setzt für jeden, der sich bei uns bewirbt, eine Mutprobe aus. Sie muss erfüllt werden, dann gehört man zu uns. Wer ein richtiger Kerl ist, besteht sie, und nur richtige Kerle passen zu uns. Bei dir habe ich keine Sorgen. Heute nach dem Konzert werden wir feiern, und da könntest du zu uns stoßen. Gib dir einen Ruck!«

»Topp, die Wette gilt! Ich bin kein Zauderer, und Lust und Leidenschaft machen mich neugierig.«

»Dann treffen wir uns hier, wenn das Konzert vorbei ist. Ich nehme dich auf meinem Motorrad mit, und du wirst bald mein Bruder sein. Da bin ich mir sicher.«

Atgu-Axona nahm einen tiefen Schluck aus seinem Rotweinglas. Er ließ sich seine Erleichterung nicht anmerken, war aber heilfroh, sein Soll erfüllt zu haben.

Die Brüder hatten ihre Motorräder an verschiedenen Orten am Rande der Innenstadt abgestellt, damit sie nachher schnell wegfahren konnten und nicht im Zentrum im Stau stecken blieben. Der bildete sich bei solchen Veranstaltungen die Straßen hinauf bis zur Autobahn. Dort am Ortsrand, in der Café-Bar *Robin Hood*, war Bentor unter roten Sonnenschirmen auf roten Plastikstühlen mit Rubén Mora einig geworden.

Gran Tinerfe flanierte weiter durch die vollen Straßen und nahm mit großer Aufmerksamkeit alles in sich auf, was die bunte Kulisse hergab, die Aufmachung der Menschen, ihre Regungen, Stimmen und Gerüche. Dabei hielt er Ausschau nach seinen Kumpanen.

Acaymo und Bencomo entdeckte er als Erste. Er blieb ihnen fern und beobachtete sie, ohne sich zu zeigen. Bencomo schien ärgerlich zu sein. Er sprach mit ausufernder Gestik auf Acaymo ein und knetete eine frische Zigarette nervös zwischen seinen Fingern.

Als er sie anzünden wollte, brach das Zündholz in der Mitte durch, so fest und aggressiv war der Druck seiner Finger. Vielleicht sollte er in Wahrheit gegen etwas ganz anderes gerichtet sein?

Acaymo nickte andauernd. Er gehört zu der Fraktion der Jasager, die leicht zu beeinflussen sind, und Bencomo ist feste dabei, das zu tun, vermutete Gran Tinerfe. Dann hätte ich einen Gegner mehr.

Plötzlich sah sich Bencomo misstrauisch um. Er schien zu spüren, dass ihn jemand beobachtete, doch seine Augen fanden, trotz intensivem Suchen, niemanden in der Menge, der dafür infrage kam. Gran Tinerfe war längst in einem Pulk abgetaucht und entfernte sich von den zweien. Doch seine Gedanken blieben bei dem Gegner. Bencomo schmiedet schon wieder Ränke gegen mich. Er hält sich nicht an meine Anweisung und ist, trotz meiner Befehle, mit einem anderen der Gruppe zusammen. Er bemüht sich nicht einmal, ein neues Mitglied anzuwerben. Ich werde an ihm ein Exempel statuieren. Der innere Kreis muss mich fürchten, sonst zerfällt er in rivalisierende Blöcke.

Bencomo hatte entschieden, erst nach einem Neuen zu suchen, wenn er dicht an dicht mit den anderen für das Konzert aufgereiht stand. Wenn man sich so nah war, sah man, wie sich der Einzelne verhielt und was er fühlte. Ein gemeinsamer Schluck aus der Brandyflasche und ein weitergereichter Joint sorgten dann schnell für Vertrautheit. Er hatte Erfahrung darin, für die Auswahl eines Probanden den richtigen Zeitpunkt zu wählen. Da sich Acaymo von ihm hatte vereinnahmen lassen, blieb für ihn nur die gleiche Vorgehensweise, denn die Zeit war auch für ihn ungenutzt verstrichen.

Ihre Rechnung sollte aufgehen: Bencomo verabredete sich bald mit einem Festlandspanier, der schon mehr als zehn Jahre auf der Insel wohnte und Eduardo Espinosa hieß. Acaymo wurde mit dem 19-jährigen Alonso Pinto einig.

Chincanayro und Pelicar hatten sich ohne Abstimmung untereinander für das gleiche Vorgehen entschieden. Pelicar sollte dabei jedoch leer ausgehen. Die Zusatzration Drogen für den Neuen, den er mitbringen wollte, hatte er schon selbst verbraucht. Eine große Menge Alkohol war über den Tag hinzugekommen, und so war er am frühen Abend außer Gefecht. Als er besinnungslos wegsackte, griff ihn eine Streife der Guardia Civil auf und brachte ihn in eine Ausnüchterungszelle. Da er allein aufgegriffen worden war, überprüfte man ihn nicht auf ein Tattoo. Ein weiteres Mal rächte sich die falsche Vorgabe an die Beamten, nur Gruppen zu untersuchen.

Auch andere Zuschauer waren nach den bewegten Stunden des Wartens am späten Nachmittag nicht mehr in gutem Zustand. Dope, Alkohol und die viel zu warme Lederkleidung hatten wie K.-o.-Tropfen gewirkt.

Sanitäter mit Sauerstoffflaschen und Tragen griffen ein, und bald rasten Krankenwagen mit Bewusstlosen und heulenden Sirenen den Hang zum *Hospital Tamaragua* hinauf.

Als die Sonne über dem *Playa Castillo* unterging, wurde es kühl am Wasser. Die Kälte zog sich schnell bis in die Straßen hinauf. Zum ersten Mal am Tag bewährte sich die feste Lederkleidung. Inzwischen war es vielen langweilig geworden, und die Fans skandierten im Stakkato die Namen ihrer Lieblinge, um den Anfang des Konzerts herbeizuschreien.

Das Erscheinen von *Tierra Santa* wurde am häufigsten gefordert. Aber auch Namen wie *Great Hellhammer* und *Father of death* gellten als Schlachtrufe durch den Abend.

Einige besonders verbissene Schreier stimmten sogar eine Strophe des Liedes *El Baston Del Diablo* an:

El dictador proclama su ley.
Pero un dia un hombre
se reveló contra su poder …

Mit einer Knute in der Hand
proklamiert der Diktator sein Gesetz,
aber eines Tages wird sich ein Mann
gegen seine Macht erheben …

Viele schlossen sich dem Gesang an, und bald beherrschte ein allgemeines Gegröle den Äther.

Die Aggressivität stieg, und die Anstrengungen der Polizisten, Ordnung zu halten, nahmen von Minute zu Minute zu. Durch ihre harten Zugriffe wurden selbst aus friedlichen Passanten aufmüpfige Gegner. *Cosecharás tu siembra!* Man erntet, was man sät! Es wurde Zeit, dass das Konzert endlich begann und die Emotionen in andere Bahnen lenkte.

Chincanayro beschloss seinen Aspiranten nach dem Motto *Mit Speck fängt man Mäuse* einzufangen. Er drängelte sich durch die eng stehenden Reihen, bis er zu einem Pulk kostümierter Schwarzkittel kam, die ihm für sein Vorhaben richtig erschienen. Bald schrie er mit ihnen gemeinsam die Liedertexte aus sich heraus, schlug wie sie die Fäuste im Takt und stampfte mit den schweren Motorradstiefeln dazu auf den Boden.

Die Vorband hatte zu spielen begonnen, und wenn sie mit ihrer schrillen Musik einer Pause einlegte, skandierte er mit den anderen die Namen der Musiker, um sie aufzufordern, weiterzumachen.

Chincanayro biederte sich so geschickt an, dass er rasch Zugang zu seinen Nebenleuten fand. Er zündete einen Joint an. Bald lag der Geruch in der Luft und einige der jungen Männer schnupperten gierig danach.

Plötzlich hatte er zwei weitere Joints in der Hand und hielt sie den anderen selbstgefällig hin. Der Größte von ihnen, ein athletischer Bursche mit mittellangem schwarzem Lackhaar, griff danach. Schnell gingen die ergatterten Schätze durch die Reihen und zeigten Wirkung. In einer Musikpause brüllte der Schwarze zu Chincanayro hin: »Mensch, Bruder, der Stoff ist himmlisch, davon könnte ich mehr vertragen!«

Er rollte genüsslich die Augen und ein schiefes Grinsen ließ zwei Reihen schlechter Zähne aufscheinen.

»Kannst du haben«, antwortete Chincanayro kurz angebunden und tat, als wollte er sich abwenden.

Ganz nach seinem Plan fiel die Pranke des Kraftprotzes auf seine Schulter und hielt ihn zurück. »Wie das?«, fragte er fordernd.

Die Antwort folgte auf dem Fuß: »Wir sind eine Clique wie ihr, alles

handfeste Typen. Du würdest dazupassen. Noch heute Abend werden wir zusammen feiern, und es wird Stoff in Hülle und Fülle geben.«
»Kann ich mitkommen?«
Chincanayro nickte und ergänzte: »Null Problemo!«
»Ich heiße Pedro Simancas.«
Der Rest der Verabredung war nur noch Formsache.

Die Dämmerung war inzwischen fortgeschritten, und der Himmel nahm eine Farbmischung aus Grün und Orange an. Das gesamte Firmament leuchtete mystisch. Sterne zeigten sich nicht, dazu war es noch zu hell.
Great Hellhammers nutzten diesen Zeitpunkt, um sich auf der Bühne zu zeigen. Die Regie hatte sie als nächste Vorband auserkoren.
Mit einem Mal herrschten auf der Bühne die Farben Schwarz und Rot vor. Die Bandmitglieder trugen schwarze Muskelshirts und schwarze Stiefel über schwarzen Hosen. Ihre nackten Arme waren mit schwarzen Tattoos geschmückt. »Exhumed« prangte dort in runenartiger Schrift wie eingemeißelt.
Ihre Gesichter und Arme waren mit roter Farbe wie mit Blut beschmiert. Die Männer sahen wie Schlachter aus, echte Vertreter des »*Slaughtercults*«, wie man Heavy Metal auch nannte.
Ihr erster Song hieß *Your Funeral, My Feast* – Deine Beerdigung, mein Fest! Für mehrere Minuten war nur das wilde Rumoren des Drummers zu hören. Die martialische Melodie setzte auf sehr tief gestimmten E-Gitarren und E-Bässen ein. Kenner nannten das *hard clipping* sägenden Klang, der durch radikales Abschneiden der Pegelspitzen und extreme Verzerrung zu Stande kam.
Es dauerte einige Minuten, bis die Sänger mit ihrem *growling*, ihrem gutturalen Gesang, einsetzten und Texte anstimmten, die durchweg satanische Lebenseinstellung verherrlichten. Das Publikum ging mit und kam rasch in Rage. Die Gitarren rasten unentwegt weiter. Die Mähdrescherbässe schmerzten den Zuhörern megalaut und düster in den Gedärmen und das Schlagzeug rüttelte den Straßenbelag wie ein Presslufthammer. Die Stimme des Führungssängers klang wie eine Flex. Die Exhumed-Tat-

toos auf den Armen der Musiker glänzten unter den heißen Scheinwerfern schweißnass.

Hintergrundbilder auf der Bühnenwand zeigten provozierend lodernde Flammen, Patronenhülsen, Horrorfratzen und Zeichen des Antichristen. Die Texte der Songs wurden immer blutiger und gottloser. Die Aggression schwappte von der Bühne ins Publikum.

Wenn der Leadsänger seine Arme ausbreitete, erinnerte das in makaberer Weise an die Jesusfigur von Rio. Wie zum Spott auf diese Ähnlichkeit spannte über seiner Brust ein schwarzes T-Shirt mit der Aufschrift *Hell awaits* – Die Hölle wartet. Um die Hüfte trug er eine Schlachterschürze mit einem blutigen Beil darauf, und auf seiner Stirn prangte ein umgedrehtes Kreuz.

Der Text des nächsten Songs stand auch nicht für ein Kirchenlied. Er erzählte von einem Verrückten, in dessen Kopf totaler Krieg wütete und in dem schwarzes Satansblut mit einer Stahlklinge gequirlt wurde.

Im Hintergrund schrien die Bandmitglieder parolenartig das Wort Satan. Die Menge tobte, als der Leadsänger eine lebende Taube aus einem Käfig nahm und ihr mit theatralischer Geste den Kopf abbiss.

Gran Tinerfe hatte sich Zeit gelassen, runter zum Strand zu gehen. Erst der Lärm der Musik, der in höllischer Lautstärke bis zu ihm drang, ließ ihn anderen Sinnes werden. Als er sich aufmachte, war es bereits dunkel und die Innenstadt menschenleer. Er kam sich wie die Nachhut aller anderen vor. Die haben schon alle längst ihr Ticket vorgezeigt und stehen sich für ihre grölenden, E-Gitarren sägenden Helden auf engstem Raum die Beine in den Bauch, dachte er. Da unten riecht es nach Schweiß, abgestandenem Alkohol und Dope, stellte er sich angeekelt vor. Dort ging jetzt die teuflische Saat auf, aus der er heute noch ernten wollte.

Vor den meisten Bars waren inzwischen die Rollladen heruntergegangen. Nur in einigen wenigen fanden Musikunwillige noch Gelegenheit für einen letzten Schluck Rotwein. Die Straßen waren nur noch spärlich beleuchtet, doch die Laternen schienen immer noch hell genug, um die enormen Müllmengen anzuleuchten, die die Menschen hinterlassen hatten.

Leere Getränkedosen, Flaschen, Essensreste in verschmierter Verpackung würden das Kopfsteinpflaster noch am nächsten Morgen zu unsicherem Geläuf machen. Hauswände und Baumstämme strömten den scharfen Geruch von Männerpisse aus. Auf dem Weg nach unten sah der Meister Ansammlungen von Motorrädern, die wie schweigende Herden zur Nacht am Straßenrand parkten und Motoröl und Benzin ausschwitzten. Als er auf die *Avenida de Blas Pérez Gonzales* einbog, die zum Strand und dem *Paseo Luis Lavaggi* hinabführte, änderte sich das Szenario. Das große Podium, auf dem die Bands auftraten, war gleißend hell angestrahlt. Laserspots zeigten wie mahnende Finger senkrecht in den Himmel, andere kreisten langsam und meißelten die Umrisse der Fans in die Dunkelheit. Sie fuhren über den Strand bis aufs Meer hinaus und leuchteten die kleinen Schaumkronen aus, die den unruhigen Atlantik wie schimmernde Perlen überzogen. Bis zum Ende des Konzerts dauerte es noch lange hin.

Gran Tinerfe hatte sich mit seinem Neuen bei seinem Motorrad verabredet. Er wollte sich in der Zwischenzeit nicht mit der tumben Masse eins machen, die wie im Pferch auf das gewartet hatte, was nun ablief. Er bezog auf halber Höhe einen bequemen Beobachtungsposten, weit genug entfernt von dem tobenden Lärm. Er nahm sich Zeit, nochmals alles zu überdenken. Seine Gedanken gingen zu dem Kandidaten, und sein Herz schlug schneller. Alvaro Bocos hatte ihm schon beim ersten Zusammentreffen gefallen. Wenn er ehrlich gegen sich selbst war, hatte er ihn sogar körperlich angerührt. Das war ein Moment gewesen, in dem der sich ängstlich fragte, ob er schwul sei. Er hatte nie etwas mit einem Mann gehabt, aber ähnliche Empfindungen waren schon öfter über ihn gekommen. Bei Frauen verspürte er nichts Vergleichbares, selbst wenn eine Frau noch so vollkommen aussah. Er fühlte bei Frauen eher das Bedürfnis, sie irgendwie zu bestrafen, vielleicht weil sie ihm nichts gaben.

Als Zeitpunkte der Strafen hatten sich die schwarzen Messen bewährt. Dort nahm für ihn die Erniedrigung des Weiblichen befriedigende Form an. Seine geheime Vorliebe für Männer bekämpfte er hingegen, indem er sie sich untertan machte. In dieser sexfreien Welt hatte er sich arrangiert.

Doch je länger das währte, umso mehr erkannte er, dass er den Teufel mit dem Beelzebub austrieb. *Etwas, was abgestritten wird, wird zweimal begangen!* Eine Zeitbombe tickte in ihm.

Ein Böllerschuss platzte in seine Gedanken. Die zweite Einpeitscherband hatte das Feld geräumt. Der Beginn des Hauptkonzerts kündigte sich an. Mikrofone quietschten, und die riesigen Lautsprecherboxen warfen ein heißeres Hola mit mehreren Echos in die Menge.

Gran Tinerfe kannte die Ouvertüre von *Tierra Santa* genau: Zuerst kam der Frontman auf die Bühne, um die Menge mit kessen Sprüchen in Topform zu bringen: »Uns kann man um drei Uhr nachts wecken und auf die Bühne stellen, dann geht die Post ab! Wir rocken, dass die Wände wackeln!«, schrie er ins Mikrofon, und es hallte mit vielfachem Echo nach. Die Bässe setzten ein und ließen die Zuhörer aufjubeln.

»Fliegt davon ins helle Licht!«, schrie die heisere Stimme weiter, und im gleichen Moment gingen Spots an. Die Helligkeit sorgte für Schmerz in den Augen. »Wir bleiben auf dem Teppich, auch wenn wir fliegen!«, versprach der Sänger kreischend. Zustimmende Antwort aus hunderten von Kehlen schallte zurück. Der kriegerische Sound zog die Zuhörer immer mehr in Bann.

The Era of Satan Rising war der erste Song, und der Aufstand des Satans kam mächtig herüber.

Der Vortrag wurde zu einer Generalabrechnung und förderte alles, was in den Zuhörern Wut und Hass auslöste. Die im Stakkato herausgepressten Texte verstärkten Emotionen und ließen alle Kampfhähne zusammen mit ihren Idolen lustvoll krähen.

Finisterra, der nächste Song, Das Ende der Welt, und ein Dialog mit dem Teufel trafen in die gleiche Kerbe.

Die Geschichte des Lieds spielte in der Zukunft, in der die heutige Zivilisation von der Erde verschwunden sein würde. Computer und Maschinen beherrschten die Welt. Ein Erdenbürger fand eine CD-ROM, auf der er die Abenteuerfahrt eines Pilgers beobachten konnte.

Der Pilger war vor mehreren Jahrhunderten auf der Straße in Richtung *Santiago de Compostela* unterwegs gewesen. Ein Schwertkämpfer begleitete ihn und bewachte einen kleinen Koffer, den der Pilger mit sich trug. Der Koffer enthielt ein Geschenk für den heiligen Apostel Jakob und die gesamte Menschheit. Der Pilger war der verkleidete Teufel und seine Geschenke waren Fortschritt und Erkenntnis. Als deren Symbol stand die CD-ROM, welche Satan voll Spott in die Kathedrale von Santiago trug.

Gran Tinerfe konnte sich eines Grinsens nicht erwehren, als diese Geschichte mit machtvollem Krach zu ihm hinauftönte, und einige Zuhörer, die vollständig aus dem Häuschen waren, zu skandieren begannen: »Keiner von uns glaubt an Gott!« Der Teufel war für sie populärer als Jesus. Der Teufel war ihr Gott. Sie fühlten Widerstand gegen die Eltern in sich, die Gesellschaft, gegen alles, was sie umgab, und das schrien sie aus sich heraus.

Die Lautstärke der Musik war inzwischen sieben Dezibel oberhalb der Toleranzgrenze des Nervensystems angelangt. Sie hatte eine so hohe Stufe erreicht und war so schrill, dass nur Hunde sie noch hören konnten. Die begannen in den nahen Häusern zu heulen.

Mit ins Spiel kamen unterschwellige Signale, sehr hohe Signale, ebenfalls oberhalb der Hörgrenze. 3000 Schwingungen pro Sekunde waren es, welche die Zuhörer nicht mehr vernehmen konnten, weil sie im Obertonbereich lagen. Aber sie lösten in ihren Hirnen dieselbe Wirkung aus, die Rauschgift verursachte.

Die jungen Menschen waren über das reine Zuhören längst hinaus und gierten nach gewaltsamen Taten. Das war pervers, aber Perversion war ein Mechanismus, der sie psychisch packte.

Nachts sind alle Katzen grau, sagte man, doch heute Nacht waren es beileibe nicht nur Katzen. Menschenkinder, bei denen auch die Farben Schwarz und Grau überwogen, beherrschten das Feld.

Sie hatten tagsüber aufgetankt, waren nun richtig aufgeputscht und tobten sich bis zum Exzess aus. Keiner von ihnen war bereit, mit dem Wahnsinn aufzuhören, als das Konzert zu Ende ging. Wie froh waren die Teufelsjünger und ihre Adepten, dass sie für die restliche Nacht noch ein Ziel hatten, um in Stimmung zu bleiben!

Alle Satansjünger strebten mit ihren Schützlingen zu den Motorrädern.

9.

Gran Tinerfe war etwas früher aufgebrochen. Er wollte als Erster am Treffpunkt sein.

Erster zu sein, war ihm immer wichtig. Sein Schützling Alvaro Bocos wartete aber schon neben der Maschine. Sie saßen auf, und die Fahrt ging los. Auf der Autobahn drehte der Meister richtig auf. Er liebte scharfen Fahrtwind und wollte Bocos beeindrucken. Außerdem war die Fahrbahn total leer, der Stau der Heimfahrer nach dem Konzert stand noch aus. Gran Tinerfe drosselte das Tempo erst wieder, als sie sich bewohnter Gegend näherten. Er wollte vermeiden, die Bettruhe der Anlieger zu stören und unnötiges Aufsehen zu erregen.

Das laute Röhren des Motors ging in ein sattes blubberndes Dauergeräusch über. Er nahm die Autobahnabfahrt 32 Richtung Martiánez. Bei einem Kreisel orientierte er sich nicht bergab, sondern bergauf Richtung Santa Ursula. Oben auf der Carretera Provincial bog er links ab und fuhr ein kurzes Stück parallel zur Küstenstraße. Zwischen einem weißen und einem ockerfarbenen Haus hindurch nahm er eine steile Abzweigung in die Calle Zumacal und fuhr weiter den Berg hinauf. Durch immer weniger Häuser schlängelte sich die schmale Straße serpentinenartig hangaufwärts. Nach ungefähr zehn Minuten erreichten sie das Ortsschild von Corujera. Nun wurde es noch einmal ein wenig steiler. Ein schlecht asphaltierter Landweg ging durch Felder mit Reben und Kartoffeln rechts ab, bis kurz unter die Zone, in der in der Zeit der Esskastanienernte viele Sammler und Sammlerinnen unterwegs waren.

Als sie auf einen quer laufenden Panoramaweg stießen, bog Gran Tinerfe rechts ab und fuhr vorsichtig einige hundert Meter weiter. An einer kleinen Aussichtsplattform, die als Halbrund über einem steilen Abhang hing, drosselte er den Motor und blendete den Scheinwerfer ab. Der Strahl traf auf eine kleine, weißgetünchte, bogenförmige Nische, in der ein schlichtes Holzkreuz angebracht war. Davor stand ein Strauß aus Kunstblumen. Dort warteten sie auf die anderen und standen schweigend nebeneinander.

Um sie herum war es immer noch hell genug, um sich zu orientieren. Der gesamte Hang bis hinunter zum Meer schimmerte. Es glitzerten viele Lichter, die das menschliche Treiben begleiteten. Bewegliche Lichter der Fahrzeuge, Reklamespots oder Lichter in Wohnstuben, die an und aus gingen, Verkehrsampeln und die Dauerbeleuchtung der Straßen gehörten dazu.

Puerto leuchtete wie eine Königin im Strahlenkranz viel heller als die anderen Regionen. Seine Helligkeit zeugte von den vielen Menschen, die in der Touristenstadt lebten oder Urlaub machten. Gran Tinerfe fühlte sich erhaben, als er von oben auf all das hinunterschaute. Er durfte sich aber von diesem Hochgefühl nicht einlullen lassen, denn er hatte noch etwas zu tun. Er wollte Alvaro die Mutprobe erklären und ihn in seinen Plan einweihen, wie er sie gefahrlos bestehen könnte.

Als er zu sprechen begann, hörte ihm Alvaro aufmerksam zu: »Du weißt, dass dich eine Mutprobe erwartet.« Alvaro nickte. »Sie wird nicht ganz ungefährlich sein, aber ich werde dich vor allen Eventualitäten schützen«, fügte er schnell hinzu und seine Hand legte sich auf dessen Arm. »Man wird dir die Augen verbinden, dann musst du dich drehen, bis du die Orientierung verloren hast. Wenn du stoppst, musst du zehn Schritte in die Richtung gehen, in der du zum Stehen gekommen bist. Eine Richtung ist gefährlich, sie führt in den Abgrund. Die gilt es zu vermeiden.«

Alvaro wurde es ungemütlich, doch Gran Tinerfe beruhigte ihn: »Keine Sorge, ich bin bei dir. Solltest du wirklich in die gefährliche Richtung stehen, so werde ich laut und vernehmlich husten. Dann wechselst du nochmals deine Stellung, und die Gefahr ist vorbei.«

Alvaro atmete erleichtert auf. Auf diese Weise wurde die Mutprobe zur Farce. Ihm konnte nichts Schlimmes widerfahren.

Während der Unterredung hatte Gran Tinerfe auf Geräusche gehorcht, die das Kommen der Mitglieder ankündigten. Genau als er zum Ende kam, begann sich etwas zu rühren. Ein stetiges Brummen dröhnte den

Hang herauf. Als er seine Augen dem Geräusch zuwandte, sah er eine Kette von Scheinwerfern heraufkriechen. Bald würden die Mitglieder und ihre Begleiter hier sein, und die Probe konnte beginnen …

Gran Tinerfe atmete tief durch und platzierte sich für die Ankunft theatralisch vor dem Holzkreuz.

Er war der Erste, und jeder konnte sehen, dass er einen Bewerber bei sich hatte.

Pelicar hielt sich im Hintergrund. Er wusste genau, was geschehen würde, wenn der Meister bemerkte, dass er ohne Begleitung gekommen war. Diese Tatsache konnte er jedoch nicht lange verbergen. Gran Tinerfe zählte die Häupter seiner Lieben, sie waren vollständig anwesend und hatten Bewerber mitgebracht. Bei Pelicar stutzte er. Der war allein, und er polterte los: »Da ist also einer unter uns, der nicht in der Lage war, für unsere gute Sache zu werben. Darf er überhaupt noch zu uns gehören?«

Pelicar wurde es heiß und kalt unter dem schweren Lederanzug, und er zitterte vor Aufregung.

Bencomo wollte ihm zur Seite springen, doch im letzten Moment besann er sich eines Besseren. Er wusste genau, dass er bei weitem nicht das Geschick zur Selbstdarstellung besaß wie Gran Tinerfe, scheute den Vergleich und schwieg.

Der fuhr unbeirrt fort: »Schweigen bedeutet Zustimmung. Doch ich will Gnade vor Recht ergehen lassen. Für niedere Dienste bist du allemal noch gut. *Wer zu spät kommt, den bestraft das Leben!*«

Pelicar fuhr zusammen. Er wusste, was das bedeutete.

Er würde den Geringsten unter ihnen zu Diensten sein müssen und so lange die Zielscheibe für Spott und Erniedrigung sein, bis er mit irgendeiner Tat sein Versagen vergessen machen konnte.

Vielleicht hatte er aber auch Glück, und der Meister verlor das Interesse an ihm, weil ein anderer der Mitglieder in Ungnade fiel. Zunächst erfuhr er eine weitere Kostprobe unverhohlenen Spotts: »Lasst uns diesen unbedeutenden Wurm vergessen!« Gran Tinerfe zeigte auf Pelicar. »Wir sind schließlich hier, um fähige junge Männer in unsere Reihen aufzunehmen …«

Die Nacht roch nach feuchten Pflanzen und klammer Erde. Bald gesellte sich der süßliche Geruch der Kiffer hinzu. Wo Menschen sich breitmachten, überlagerten ihre Duftmarken schnell die reinen Gerüche der Natur und nahmen ihr die Unschuld. So war es auch jetzt.

Gran Tinerfe wandte sich erneut an die Runde: »Lasst mich für die Neuen unsere Regeln beschreiben. Das gemeinsame Merkmal von uns ist die Umkehr aller christlichen Werte. Gut wird zu Böse, Hell zu Dunkel, Gott zu Satan. Satansjünger haben ihre eigenen Gesetze. Bei uns geht es um den spielerischen Umgang mit Mut, Grenzen, Sex und Magie. Uns alle treibt Neugierde und Forschungsdrang! Ein Pentagramm ist das Symbol dafür. Es gewährt jedem Träger Schutz. Wie es aussieht, werdet ihr bald erfahren, wenn ihr es nicht schon kennt. Unser Erkennungszeichen ist das Abbild von Asmodi, dem Herrscher aller Dämonen. Man wird es euch auf die Innenseite des Oberarms tätowieren. Das erfolgt ziemlich schmerzlos. Bestimmte Regeln sollen künftig euer Verhalten bestimmen:

1. Keine Stellungnahme oder Ratschläge, wenn ihr nicht gefragt seid!
2. Eure Sorgen sind für andere Ohren nur geeignet, wenn die sie hören wollen!
3. In einem fremden Heim gebührt dem Bewohner Respekt, ansonsten betritt man es nicht!
4. Sexuelle Handlungen sind erwünscht, aber sie setzen zustimmende Signale des anderen voraus!
5. Nehmt nichts an euch, was euch nicht gehört, außer der Bürde eines Bruders!
6. Erkennt die Macht der Magie und setzt sie erfolgreich ein!
7. Belästigt niemanden. Wenn euch jemand belästigt und nicht aufhört, vernichtet ihn!
8. Tötet Tiere nur zu Nahrungs- oder Kultzwecken!
9. Kümmert euch nicht um Dinge, denen ihr nicht selbst ausgesetzt seid!
10. Wenn euch jemand in eurem intimsten Bereich belästigt, behandelt ihn grausam und ohne Gnade!

Ansonsten predigen wir nicht nur Wein, wir trinken ihn auch«, setzte er in launiger Stimmung hinzu.

»Alle diese Regeln ermöglichen ein erkleckliches Leben. Ihr werdet sie künftig noch öfter hören. Aber nun wollen wir zunächst die Mutprobe durchführen.«

Gran Tinerfe erklärte die Regeln und legte die Reihenfolge der Kandidaten fest.

Sein Schützling war der Erste. Bencomo registrierte wütend, dass seiner als Letzter antreten musste.

Als Nächstes schickte der Meister Pelicar nach Hause, um ihm ein weiteres Mal seine Missachtung zu zeigen. Zu aller Überraschung trat Alonso Pinto, der Begleiter Acaymos, zögernd vor und sagte mit entschlossener Stimme: »Ich möchte mit ihm fahren. Ich glaube, ich bin hier fehl am Platz.«

Acaymo durchfuhr ein jäher Schreck. Musste der Kerl ihn in die gleiche Lage bringen wie Pelicar? Er hatte ihm wohl eine zu kleine Ration Stoff gegeben.

Doch er irrte sich. Gran Tinerfe reagierte dieses Mal ganz anders. Er ging Alonso Pinto frontal an: »Wir halten hier niemanden fest und nehmen nur die Besten. Wer gehen will, soll gehen. *Nur die Harten kommen in den Garten!*«, schloss er seine Erklärung, dann wandte er sich ab. Der zaudernde Bewerber war Luft für ihn geworden. *Aus den Augen, aus dem Sinn*, dachte er, wurde aber noch einmal kurz an den Verweigerer erinnert, als das Motorgeräusch und das Rücklicht des Motorrads mit den beiden Männern in der Dunkelheit verschwand.

Mit dem forschen Auftritt hatte Gran Tinerfe erreicht, dass keiner der anderen Neuen wankelmütig wurde. Die Probe konnte beginnen.

Er musterte noch einmal den Ort aus den Augenwinkeln. Die Richtung zum Abhang hinunter barg wirklich Gefahr. Der Abschluss der Plattform war nur kniehoch mit leicht auseinanderstehenden Betonzähnen geschützt.

Wer da hinabstürzte, fiel tief. Gran Tinerfe beruhigte sich selbst: Ein Unfall würde wohl trotzdem nur Verletzungen mit sich bringen.

Alvaro Bocos wurden die Augen verbunden. Um keinen Verdacht der

Parteilichkeit aufkommen zu lassen, hieß er Bencomo, ihn zu drehen. Der tat es mit Schwung. Als er aufhörte, kreiste Alvaro von selbst noch zweimal und blieb schwankend stehen. Ihm war schwindelig.

Auf dem Plateau war es mucksmäuschenstill geworden. Alvaro zögerte einen Moment. Als ein Hüsteln ausblieb, machte er den ersten Schritt. Als es weiter ruhig blieb, ließ er forscher die nächsten neun Schritte folgen.

Der Applaus sagte ihm, dass er es geschafft hatte. Doch anstatt erleichtert zu sein, begann er am ganzen Körper zu beben. Entsetzliche Gedanken plagten sein Hirn. Was wäre gewesen, wenn ein anderer gehustet hätte und er daraufhin abgedreht hätte und in die gefährliche Richtung gelaufen wäre? Alvaro biss sich auf die Lippen, bis er Blut schmeckte.

Gran Tinerfe konnte das Verhalten seines Zöglings beim besten Willen nicht verstehen. Er wollte das unwürdige Schauspiel, das so wenig für eine erfolgreich bestandene Mutprobe sprach, unbedingt beenden. »Der Proband hat bestanden«, sagte er kühl und verlangte nach dem Paten von Chincanayro.

Pedro Simancas war stark berauscht. Er holte gerade noch einen weiteren Joint aus der Tasche und zündete ihn an. Er sog daran und war bemüht, den Rauch so lange in sich zu halten, wie er eben konnte. Bald hatte er das Gefühl, als würde sein Kopf ganz leicht. Ein großes Glücksgefühl durchschoss ihn, er hatte keine Angst. In stoischer Ruhe ließ er sich die Augen verbinden. Nach einigen Drehungen begann er ohne Zögern zu gehen und hatte mit der Richtung Glück. Er wollte gar nicht aufhören, auszuschreiten. Zwei Brüder mussten ihn aufhalten, sonst wäre er in der Dunkelheit verschwunden.

Alonso Peraza tat mit verbundenen Augen als Dritter seinen ersten Schritt. Er blieb kurz stehen und straffte sich erleichtert, als ihm nichts Schlimmes widerfahren war. Dann unternahm er etwas völlig Überraschendes.

Er drehte sich einmal halb um seine Achse und wiederholte den Schritt. Das machte er insgesamt zehn Mal und stand schließlich auf der Stelle, auf der er mit der Probe begonnen hatte. Sprachlosigkeit herrschte unter den Anwesenden. Über Gran Tinerfes Gesicht huschte ein teuflisches Lächeln.

Er meldete sich mit glucksender Stimme: »So war das nicht gedacht, aber Klugheit muss belohnt werden. Der Kandidat hat bestanden. Doch noch einmal lasse ich so etwas nicht durchgehen.« Insgeheim dachte er: Peraza muss ich mir warmhalten. Der ist für höhere Aufgaben gut und dabei zu feige, mir gefährlich zu werden.

Es geschah nichts Weltbewegendes mehr, bevor Eduardo Espinosa als Letzter an die Reihe kam.

Gran Tinerfe schob Bencomo zur Seite, dieses Mal wollte er das Drehen selbst übernehmen. Er tat es nicht mit gleicher Wucht wie sein Erzfeind, aber er drehte so lange, bis er sich sicher war, dass Espinosa jeden Sinn für die Richtung verloren hatte. Eine halbe Umdrehung vor dem Abhang hörte er auf zu drehen. Seine Rechnung ging auf. Espinosa taumelte noch einige Schritte weiter und kam genau in der gefährlichen Richtung zum Stehen.

Bencomos Arme schossen nach vorn und wollten den Paten vor der Gefahr schützen, doch Gran Tinerfe trat mit grimmiger Drohgebärde dazwischen und verhinderte das damit genauso wie einen warnenden Zwischenruf.

Eduardo Espinosa ging seine gefährliche Aufgabe nicht ungeschickt an. Seine Schritte erfolgten vorsichtig, fast tastend. Sein angehobenes Bein kam nur langsam wieder herunter und die Schuhsohle suchte nach Erhöhungen oder Vertiefungen. Genau diese Vorsichtigkeit wurde ihm aber zum Verhängnis. Bei der langsamen Abwärtsbewegung verfing sich sein Fuß zwischen zwei Betonzähnen und brachte ihn ins Straucheln. Er schlug mit dem anderen Knie auf dem Betonklotz auf. Ein beißender Schmerz durchfuhr ihn, und der Aufprall gab ihm einen Ruck nach vorn. Mit dem Kopf voran sauste er ungebremst in die Tiefe. Ein Schrei begleitete seinen Fall bis zum Aufprall, dann wurde es still.

Der Schrei eines Käuzchens wirkte wie eine Weckuhr. Es kam Bewegung in die Versammlung. Stimmen überschlugen sich. Schnell wurden Motorräder an den Rand des Hangs geschoben, und die Scheinwerfer leuchteten das Feld ab. Einige der Männer suchten vorsichtig einen Weg hinab zu der gekrümmt daliegenden Gestalt. Als der Erste von ihnen bei ihr angelangt war, hatte er schnell Klarheit. Espinosa war tot. Sein Kopf war so scheußlich abgeknickt, dass ein Genickbruch vorausgegangen sein musste. Eine genauere Überprüfung bestätigte die Diagnose.

Gran Tinerfe war bestürzt. Das habe ich nicht gewollt, dachte er, wusste aber nicht, ob er sich selbst belog.

Dann reagierte er sofort: »Wir müssen ihn hier liegen lassen. Er ist mutig gestorben und gehört nun zu uns.

Es gibt ein Land, in das wir alle gehen werden.
Wo niemals starker noch kalter Wind weht.
Wo Freunde sich wieder treffen und vereinigen«,
zitierte er aus einer Quelle, die ihm in Erinnerung war.

»Lasst uns aufbrechen, bevor man uns sieht. Diejenigen, die ihr heute zu uns gebracht habt, sind bis auf weiteres eure Paten. Wir werden uns am 29. Dezember gegen 21 Uhr bei dem Haus treffen. Verabredet euch mit euren Schützlingen. Ihr müsst ihnen den Weg zum Haus zeigen. Dort werden sie dann mit allen Ehren in unseren Bund aufgenommen, und wir werden gemeinsam planen, mit welchem Paukenschlag wir das neue Jahr einleiten. Für heute macht euch auf den Weg.«

Seine Autorität war nach wie vor unbestritten. Alle befolgten seine Anweisung, wenn auch mit unterschiedlichem Gefühl.

Bencomo jedenfalls war fürchterlich aufgewühlt. Für ihn war Gran Tinerfe ein Mörder. »Das wirst du mir büßen, du Schwein. Regel 7: Belästige niemanden. Wenn dich jemand belästigt und nicht aufhört, vernichte ihn!«, zischte er leise. Er fühlte sich von Gran Tinerfe belästigt.

Als er davonröhrte, quälte ihn der Wunsch, der Meister wäre tot oder wenigstens hilflos an einen Rollstuhl gefesselt. Sein Rücksitz war nun leer.

Am Morgen lag Gran Tinerfe im Bett und schaute auf die schmalen Ritzen zwischen den hölzernen Rollladen, durch die das Tageslicht schwach hereindrang. Er hatte nicht die geringste Lust aufzustehen.

Der tödliche Vorfall der Nacht hatte ihn sofort nach dem Wachwerden wieder eingeholt und beschäftigte ihn.

Kein Laut drang von draußen herein, und auch im Haus war es still. Er glaubte, seine eigenen Gedanken zu hören. Die Dinge hatten bedrohliche Ausmaße angenommen. Immerhin waren in kürzester Zeit zwei Motorradfahrer auf merkwürdige Weise verunglückt. Auch wenn der zweite nicht wie Cacanaymo mit einem Tattoo gekennzeichnet war, konnte die Polizei zwischen beiden Todesfällen einen Zusammenhang konstruieren. Möglicherweise war aufgefallen, dass eine große Zahl Motorbiker Richtung Unfallort gefahren war.

Am Aussichtspunkt hatten sie viele Spuren hinterlassen, die in der Aufregung nicht verwischt worden waren. Außerdem waren die Neuen noch so fremd, dass er ihre Reaktionen nicht einschätzen konnte. Was würden sie tun, wenn ihnen der Tod von Eduardo Espinosa so richtig bewusst wurde? Wenn nur einer von ihnen zur Polizei ginge, hätte die Sekte ein großes Problem. Er selbst hatte dafür gesorgt, dass die Neuen über ihre Paten den Weg zum Haus finden konnten. Dieses Wissen konnten sie missbrauchen. Würde das einer von ihnen tun?

Allesamt hatten Dope genommen und mussten, wenn sie erkannt wurden, mit Bestrafungen rechnen. Nach seiner Erfahrung würden sie schon deshalb schweigen, höchstens den Kontakt zur Sekte abbrechen. Das wäre nicht das Schlimmste.

»Wir müssen uns ruhig verhalten, abwarten, bis Gras über die Sache gewachsen ist, dann sehen wir weiter«, sagte er leise, als er unter die Dusche ging. Etwas machte ihm jedoch richtig Sorgen: Bencomo würde es schwerfallen, den Tod seines Schützlings wegzustecken. Gran Tinerfe musste mit Revanche rechnen, denn Bencomo würde ihm am Tod Espinosas die Schuld geben. Er lachte böse in sich hinein und beschloss, Bencomo weiter zu ducken, damit der eingeschüchtert blieb. Dieser Plan schien ihm gut, seine innere Anspannung ließ nach.

10.

Wenn jemand in freier Natur verstirbt, wird er meist erst später entdeckt. Im Falle von Eduardo Espinosa war das anders. Der Panoramaweg war ein beliebter Wanderweg, insbesondere bei Touristen. Bereits am nächsten Vormittag unternahm ein deutsches Elternpaar mit seinen zwei Söhnen dort einen Spaziergang. Die Jungen tollten wie junge Hunde vorweg und erreichten als Erste die Aussichtsplattform. Der Größere von beiden wollte dem Kleineren imponieren und stieg auf die Begrenzung. Plötzlich stutzte er und wäre vor Aufregung beinahe ins Stolpern geraten. Dort unten lag ein Mensch, völlig reglos! Eilig sprang der Junge von den Zacken der Brüstung, drehte sich um und lief mit der Botschaft zu seinen Eltern.

Der Vater winkte zunächst ab: »Du hast bestimmt eine Vogelscheuche gesehen«, meinte er, doch der Junge beharrte auf seiner Darstellung. So blieb den Eltern nichts übrig, als selbst nachzuschauen, und sie stellten fest, dass ihr Junge recht hatte.

Der Vater nahm sein Fernglas zur Hand und besichtigte den Körper genau. »Das ist ein Mann«, stellte er fest, »und ich bin mir sicher, dass er tot ist.«

Guter Rat war teuer. Er war nicht bereit, den Abhang hinabzusteigen, sondern entschied sich für den richtigen Weg und rief mit seinem Mobiltelefon die Polizei an.

Er konnte kein Spanisch, und es dauerte einen Moment, bis sich am anderen Ende der Leitung jemand fand, der seine englischen Brocken verstand. Man versprach ihm, einen Streifenwagen vorbeizuschicken, und bat ihn, zu warten, nichts anzurühren oder zu verändern.

Nach einer Viertelstunde traf der Wagen ein. Ein junger Beamter kletterte zu dem Verunfallten hinab. Nach kurzer Überprüfung rief er zu seinem Chef hinauf: »Es ist ein Mann, er ist tot und mit Sicherheit von oben hinabgestürzt! Er trägt übrigens Lederkleidung wie ein Motorradfahrer!«

Sein Chef dachte einen Moment nach. Sein Blick ging dabei über die kahlen Stöcke der Reben, von denen bereits alle Zweige, an denen die Trauben gehangen hatten, entfernt worden waren. Es war kaum zu glauben, dass dieses leblose Gehölz wieder die nächste Generation Trauben hervorbringen würde. Er unterbrach diesen Gedankengang. Irgendetwas störte ihn und kam ihm merkwürdig vor. Plötzlich wusste er auch, was: Hier gab es kein Motorrad, weder oben auf der Plattform noch unten im Feld. Auf der Plattform jedoch befanden sich viele Reifenspuren. Hatte hier eine Versammlung von Bikern stattgefunden? Auf dem Plateau lagen auch viele Zigarettenkippen. Hier waren kürzlich viele Menschen gewesen!

Die Polizisten erinnerten sich an den toten Motorradfahrer, der durch die Presse gegangen war. Vielleicht bestand zwischen beiden Toten ein Zusammenhang.

»Das scheint mir eine Nummer zu groß für uns«, sagte der leitende Beamte und wählte mit seinem Mobiltelefon die Polizeistation in Puerto an.

Ramón Martin und Vincente Morales erwischte der Anruf, als sie für ein kurzes Mittagessen nach draußen gehen wollten. Der Teniente Coronel fluchte leise, versprach aber, sich sofort auf den Weg zu machen.

Er erzählte Vincente die Neuigkeit und stöhnte: »Das wird wieder ein langer Tag werden. Der Haussegen bei mir hängt wegen meiner dauernden Abwesenheit schon jetzt schief. In den letzten zwei Wochen habe ich kaum Zeit für Teresa und Mercedes gehabt. Erst musste ich die Vorbereitung des Einsatzes beim Heavy-Metal-Konzert leiten und dann auch noch dabei sein. *Wehe, wehe, wenn ich auf das Ende sehe!*«

»Ich komme mit«, sagte Morales sofort, »vielleicht geht es dann schneller.«

Die beiden Kollegen eilten in die Tiefgarage und machten sich auf den Weg. Vom Autotelefon aus forderten sie die Spurensicherung an. Die war kurz nach ihnen da, sicherte das Umfeld und begann mit der Beweisaufnahme. Der gesamte Bereich sowie die Leiche wurden fotografiert. Von den Motorradspuren wurden Gipssiegel genommen. Kippen wurden eingesammelt und auch andere Dinge, die herumlagen.

Bald gab der Doktor einen ersten Kommentar ab: »Der Tote heißt Eduardo Espinosa. Er war wohnhaft in Puerto und 25 Jahre alt. Diese Angaben haben wir aus seinen Papieren. Er trug sie in seiner Jacke mit sich.«

Anders als bei der ersten Leiche, dachte Ramón.

Der Mediziner fuhr fort: »Der Leichnam liegt keine zehn Stunden hier. Ich vermute Genickbruch ohne Fremdeinwirkung. Aber vielleicht hat man den armen Kerl auch irgendwie gezwungen zu springen. Hier war zumindest eine Menschenansammlung.«

Ramón nickte und wandte sich an Morales: »Die vielen Leute sind vielleicht nicht unbemerkt hierhergekommen, auch wenn ihre Zusammenkunft in der Nacht stattgefunden hat. Treib ein paar unserer Leute auf und lass sie Befragungen vornehmen.«

Die im Dunkeln sieht man nicht, meinte Morales sarkastisch und zog sich einen zurechtweisenden Blick seines Chefs zu.

Mit diesem Auftrag mache ich mir jedenfalls keine Freunde, sinnierte Morales. Der Teniente Coronel wandte sich von ihm ab und bat den Arzt, nachzuschauen, ob der Tote unter dem rechten Oberarm ein Tattoo habe.

Nach kurzer Überprüfung konnte der Doktor das verneinen. »Aber um den Hals trägt er ein komisches Abzeichen«, meldete er sich.

»Lassen Sie es bitte aufnehmen und mir ein Foto davon heraufbringen.«

Als der Fotograf ihm auf dem Display der Kamera das Abbild des Amuletts zeigte, konnte er nichts damit anfangen, murmelte aber trotzdem vor sich hin: »Das ist bestimmt so ein kultisches Zeichen. Wir müssen das prüfen. Bitte lassen Sie mir umgehend einen Abzug davon zugehen.«

Nachdem er die Zusagen hatte, dass ihm sowohl von der Spurensicherung als auch von der ärztlichen Abteilung bis zum Abend die Berichte vorliegen würden, blies er zum Aufbruch und fuhr mit Morales aufs Revier zurück. Das Mittagessen war nicht das erste Mal ausgefallen.

Die Berichte brachten gegen 18:30 Uhr folgende Erkenntnisse: Auf dem Plateau hatten sich mindestens sechs Motorräder befunden. Die Reifenspuren hatten sich so tief in den Boden eingedrückt, dass die Krafträder durchaus von zwei Personen besetzt gewesen sein konnten. Mehrere der Fahrer oder Beifahrer hatten Haschisch geraucht. Die Reste der Joints enthielten eine besonders reine Qualität. Einen ähnlichen Satz hatte der Teniente Coronel auch in der Akte des ersten Toten gelesen.

Ölspuren an seiner Lederkleidung bewiesen, dass der zweite Tote auch Motorradfahrer gewesen war. Seine Maschine blieb unauffindbar. Vielleicht war er ein Mitfahrer gewesen.

Der Mann war an einem Genickbruch gestorben. Er war vom Aussichtspunkt hinabgestürzt. Warum das geschah, blieb unklar. Es fanden sich keine Abwehrverletzungen. Unter seinen Fingernägeln auch keine Hautfetzen einer anderen Person. Es sah alles nach einem Unfall aus.

Wunschgemäß hatte der Fotograf ein Bild des Amuletts geliefert.

Ramóns Sekretärin Ana schaute, bevor sie Feierabend machte, noch einmal in sein Zimmer, um auszurichten, dass sein Vorgesetzter für den nächsten Morgen ein Gespräch anberaumt habe.

»Der scheint unruhig zu werden und erwartet Fahndungsergebnisse«, mutmaßte sie und machte ihren Chef damit nicht fröhlicher.

Erschöpft und mit schlimmen Befürchtungen, wie er Teresa vorfinden würde, fuhr er nach Hause.

Dort stand sie in ihrem gerüschten Negligee, das alles verbarg, aber vieles erahnen ließ, ihre Füße bloß und gespreizt auf den kühlen Fliesen. Die rotlackierten Zehennägel leuchteten ihm wie Warnsignale entgegen.

»Ich habe dein Bett im Arbeitszimmer gerichtet. Du kommst zwar spät, aber hast sicher noch zu tun. Dabei möchte ich dich nicht stören«, sagte sie giftig.

Er schüttelte deprimiert den Kopf und antwortete leise: »Du tust, als käme ich absichtlich so spät, und gibst mir nicht einmal die Chance, mich zu rechtfertigen. Wenn wir so weitermachen, wird unser Schlafzimmer bald nur noch ein Ort sein, an dem man schläft oder sich umzieht«, ergänzte er bitter. Dann rechtfertigte er sich unaufgefordert: »Wir haben einen weiteren Toten. Das setzt unsere Abteilung schwer unter Druck. Es ist nicht auszuschließen, dass wir sogar über den Jahreswechsel Dienst schieben müssen. Ich bin mit der Hoffnung nach Hause gekommen, du könntest mich mit deinen Ratschlägen davor bewahren.«

»Aha, also wieder Backoffice spielen, ganz weit hinten«, fuhr sie ihn hitzig an. Aber er sah auch einen Funken Neugier in ihren Augen.

Das bewog ihn, weiter zu argumentieren: »Nicht ganz weit hinten. Du bist für mich von höchster Priorität. Ich brauche bis morgen eine plausible Hypothese für diesen Fall. Morgen früh muss ich zum Rapport beim Alten erscheinen. Der steht ebenfalls unter Druck und keilt nach unten aus. Das kennst du ja.«

»Nun«, lenkte sie zögerlich ein, »Was gibt es denn so Wichtiges zu bereden?«

Ramón schilderte ihr alles und ließ nicht das kleinste Detail aus. Schließlich legte er die Berichte und Fotos vor sie hin und bat sie, die anzusehen.

Ihr größtes Augenmerk legte Teresa auf das Bild des Amuletts. »Das gehört zum Satanskult. Ich habe mich ein wenig in den Kult eingelesen«, erklärte sie.

Ramón sah sie überrascht an und fragte: »Warum denn das?«

»Schließlich ist Juan Méndez, den ich geheilt glaubte, wegen Satanisten rückfällig geworden. Das geht mir immer noch schwer an die Nieren. Dieses Zeichen ist ein umgekehrtes Pentagramm, bei dem zwei Spitzen des fünfzackigen Sterns nach oben stehen. Die Spitzen symbolisieren die Hörner des Teufels. Solche Zeichen werden als Erkennungssymbole getragen.«

Ramón war beeindruckt von ihren Ausführungen und schob eine Frage nach: »Und was bedeutet die Zahl 666 in dem Stern?«

»Die Zahl geht auf einen Spruch im letzten Buch der Bibel zurück, Offenbarung 13,18. Dort heißt es: *Wer Verstand hat, der deutet die Zahl des Tieres, denn es ist die Zahl eines Menschen, und seine Zahl ist 666.* Man vermutet darin eine Anspielung auf den grausamen römischen Kaiser Nero. Auf jeden Fall gilt die Zahl bei Satansjüngern als Symbol für das Teuflische.«

»Dann ist unsere Vermutung nicht abwegig, dass der Tote etwas mit

Satanismus zu tun hat. Verwunderlich bleibt, dass wir keine Anzeichen dafür in seiner Wohnung fanden. Er trägt auch kein Tattoo von Amodis, wie wir es am ersten Opfer entdeckten.«

Teresa dachte einen Moment nach, dann sagte sie: »Dafür könnte es eine Erklärung geben: Das Tattoo steht für eine bestimmte Vereinigung. Der Unfall trat nach dem Heavy-Metal-Konzert ein. Diese Events ziehen solche Vereinigungen magisch an. Sie nutzen sie auch, um Mitglieder zu werben. Das war ja unsere Hypothese. Vielleicht wurde Espinosa dort geworben und zu dem Treffen mitgenommen. Das würde erklären, warum er ohne Tattoo und ohne eigenes Motorrad war. Sein Amulett zeigt hingegen, dass er für Satanismus empfänglich war.«

»Aber er ist nach Meinung der Spurensicherung auf jeden Fall selbst auch Motorradfahrer. Bei ihm zu Hause haben wir jedoch kein Motorrad gefunden.« »Dann muss es noch irgendwo in der Stadt stehen.«

»Okay, das ist möglich. Er wurde als Beifahrer mitgenommen, weil er den Weg zum Treffpunkt nicht kannte. Ich werde morgen eine Streife nach seiner Maschine suchen lassen.« Ramón war für Teresas Analyse dankbar, leider sagte er es ihr nicht. »Wenn die Kerle Espinosa wirklich erst anwerben wollten, warum musste er dann sterben?«, bohrte er stattdessen nach.

Teresa lachte kurz und kehlig auf und antwortete: »Ich bin keine Wahrsagerin. Es kann ein zufälliger Unfall gewesen sein, schließlich war er bekifft. Vielleicht wurde er aber auch Opfer einer kultischen Handlung oder einer Mutprobe. Die wird, wie du weißt, in Sekten gefordert. Denke an den Mord an der alten Engländerin.«

Ramón küsste sie spontan auf den Mund und sagte nun doch ihm Brustton der Überzeugung: »Was wäre ich nur ohne dich? Jetzt kann ich dem Polizeidirektor wenigstens eine schlüssige Theorie vortragen. Es lohnt sich, unter diesen Annahmen weiterzusuchen. Wir werden an Espinosas Arbeitsplatz nachforschen und seine Familienverhältnisse ergründen.«

Teresa war besänftigt und die drohende Auseinandersetzung fürs Erste vergessen.

Mercedes schlief durch, und so konnten die beiden in die Nacht hinein ihre harmonische Zweisamkeit pflegen.

Die Streife brauchte nur bis mittags, um das Motorrad in der Altstadt zu finden. Es stand vor einem Tabakladen. Der aufmerksame Eigentümer konnte bestätigen, dass es dort seit dem Konzert parkte. Eine Halterabfrage ergab, dass es wirklich Espinosa gehörte.

Die Nachforschungen nach dessen Arbeitsplatz brachte ebenfalls schnell ein Ergebnis. Er arbeitete als Verkäufer in einem Baumarkt des Industriegebiets San Jeronimo.

Vincente Morales übernahm die Befragungen.

Die Informationen fielen dürftig aus. Zu seinen Kollegen hatte Espinosa keinerlei Kontakt gehabt. Er war ihnen zu launisch gewesen. Nachdem die Befragten die Hemmschwelle gegenüber dem Beamten überwunden hatten, wollte keiner von ihnen ausschließen, dass Espinosa Drogen nahm.

»Das könnte seine Launenhaftigkeit erklären«, meinte einer von ihnen.

»Seine Frau hat ihn vor einem Jahr verlassen«, wusste ein anderer. »Er kam für ihren Geschmack wohl nicht schnell genug an Geld. *Wenn 's Geld geht, geht die Liebe auch*, soll sie zum Abschied gesagt haben.« Espinosa hatte das immer wieder erzählt.

Beim Personalchef traf Vincente auf Unmut gegenüber dem Toten. »Der Kerl fehlt schon wieder seit einigen Tagen unentschuldigt. Der hat die Arbeit nicht erfunden«, fluchte er. »Aber dieses Mal hat er endgültig überzogen. Ich habe schon mehrmals fünf gerade sein lassen. Nun muss er die Suppe, die er sich eingebrockt hat, auslöffeln.«

»Dazu wird es nicht mehr kommen«, antwortete der Teniente trocken.

»Wieso?«

»Er ist vor einigen Tagen tödlich verunglückt.«

Der Personalchef weinte dem Toten keine Träne nach.

Ramón übernahm es, die Wohnung des Toten nochmals zu untersuchen. Teresas Argumente hatten ihn darauf gebracht, dass sich in Büchern möglicherweise Hinweise auf satanistische Neigungen ergaben.

Vor der Haustür traf er auf den Hausmeister des Wohnblocks. Der pickelige, feiste Mann gefiel ihm gar nicht, aber er war um Freundlichkeit bemüht, vielleicht konnte der ihm ja weiterhelfen.

Als er auf den Klingelknopf mit dem Namen Espinosa drückte, gewann er die volle Aufmerksamkeit des Dicken: »Wollen Sie zu Espinosa?«, fragte er.

»Nein, der Besitzer dieser Wohnung liegt bei uns in der Pathologie«, antwortete Ramón.

Der Hausmeister sah ihn ratlos an. Er konnte mit diesem Begriff nichts anfangen.

»Das Schwein suche ich auch schon seit drei Tagen, aber es ist verschwunden, wie ein Furz in der frischen Luft«, fuhr er in Auskunftsfreudigkeit fort.

»Reden sie von Señor Espinosa?«, unterbrach Ramón den Redefluss.

»Von wem denn sonst?«, kam es böse zurück. »Er schuldet mir Geld. Er konnte die letzte Rate seines Motorrads nicht bezahlen, und ich habe ihm ausgeholfen, natürlich gegen Zins und Zinseszins«, erklärte er mit einem schmierigen Lächeln.

»Haben Sie einen Beleg?«

»Fragen Sie ihn doch selbst. Ich sage die Wahrheit.«

»Das wird er Ihnen leider nicht mehr bestätigen können. Señor Espinosa ist tot«, antwortete Ramón mit hartem Blick.

Sein Gegenüber zeigte Bestürzung, und die ließ Ramón nicht daran zweifeln, dass der bis zu diesem Moment von Espinosas Ableben keine Ahnung hatte.

»Seine Reaktion ist ebenso viel wert wie ein richtiges Alibi«, entschied er und beendete die Befragung.

Der widerwärtige Hausmeister fluchte laut über sein Unglück und stampfte wütend davon.

Ramón hatte ganz automatisch noch mehrmals den Klingelknopf gedrückt und schreckte zurück, als der Türöffner plötzlich summte.

Er eilte die Treppe hinauf in den dritten Stock. In der Wohnungstür stand eine junge Frau. Sie sah ziemlich weggetreten aus. Entweder ist sie verzweifelt oder sie ist high, mutmaßte Ramón.

Zwei ungerauchte Joints lagen auf dem Sofatisch und wiesen ihn auf die richtige Spur. Ramón griff nach den Drogen und steckte einen der beiden Joints ein. Er wollte ihn analysieren lassen.

Von der jungen Frau erntete er ein dummes Gekicher dafür, dann plapperte sie lustig drauflos: »Der war für meinen Liebsten.«
»Kennst du Eduardo?«, versuchte es Ramón auf die vertrauliche Tour.
Die Kleine gluckste wieder unkontrolliert und antwortete mit aufgesetzter Empörung: »Das ist doch mein Liebster, wir wohnen zusammen.«
»Dann betet ihr wohl auch gemeinsam den Teufel an?«, legte Ramón nach.
Ihre Augen blinzelten verwirrt. »Was soll denn der Scheiß?« Sie kicherte und griff gierig nach dem Joint auf dem Tisch. Sie zündete ihn an und inhalierte den Rauch tief in sich hinein.
»Weiß seine Familie von euch?«, platzierte Ramón eine weitere Frage.
»Die wohnen alle auf dem Festland. Mit denen hat er nichts …«
Der Satz endete abrupt mittendrin. Sie war gänzlich weggetreten.
»… zu tun«, ergänzte Ramón die fehlenden Worte mit der Intuition des erfahrenen Fahnders.
Er warf einen Blick auf die spärliche Auswahl an Büchern, die zwischen zwei Regalbrettern standen, fand aber nicht, was er erhofft hatte.

Die Analyse des Stoffs ergab, dass er die schlechte Beimischung hatte, die Fixer für teures Geld auf der Straße bekamen. Da war Eduardo Espinosa durch den Umgang mit der Teufelssekte in seinen letzten Lebensstunden richtig verwöhnt worden.

11.

Der 29. Dezember war herangekommen. Vom Atlantik her rollten dicke graue Wolken aufs Land zu, die bis zum Platzen mit Wasser gefüllt waren. Kaum hatten sie die Insel erreicht, öffneten sie ihre Schleusen. Die schweren Passatwolken gaben alles von sich, was in ihnen steckte. Dicke Regentropfen prasselten herunter und zeigten deutlich, wie der Wettergott über die Satansbrüder dachte. Fahles Licht fiel durch das Fenster, das im Wind vom Atlantik vibrierte.

Gran Tinerfe saß hinter der nassen Scheibe und verfluchte dieses Sauwetter. Aber er konnte nicht länger zögern hinauszugehen, schließlich hatte er das Treffen der Brüder für den späten Nachmittag selbst anberaumt. Fühlte er sich sonst auf seinem Motorrad glücklich und frei, so hatte er heute gar keine Lust, es zu benutzen. Auch in der wasserdichten Lederkleidung erschien ihm eine Fahrt zum Haus nicht angenehmer.

Eine kurze Schonfrist hatte er noch, denn er konnte sein Kraftrad in der Garage beladen. Er verpackte sein Gewand, seine Maske und andere Gegenstände für die Rituale in die Gepäckbox. Heute musste er brillieren, schließlich stand die Aufnahme der Neuen an. Er hatte sich darauf besonders vorbereitet.

Die Kandidaten sollten ihn hinterher vorbehaltlos als ihren Meister anerkennen. Nichts durfte schieflaufen. Seine Worte mussten ausgewogen und überzeugend sein, absoluten Gehorsam und Loyalität bewirken …

Die feierliche Ausstattung des Festraumes würde er selbst in die Hand nehmen. Die kultischen Gewänder und Gegenstände, aber auch seine Worte sollten Überzeugungsarbeit leisten.

In eine der beiden Satteltaschen stopfte er eine Thermobox. Darin wollte er für seinen Kater Frischfutter für die Feiertage besorgen. Sein Liebling sollte es so gut haben wie er. Er hatte in der deutschen Metzgerei, kurz vor Orotava, kleingeschnittene Schweineherzen bestellt. Dafür musste er zwar einen Umweg fahren, aber der Kater würde es ihm danken.

Gran Tinerfe rekapitulierte noch einmal, ob er wirklich alles dabeihatte, dann zog er sich an und sorgte dafür, dass seine Kleidungsstücke nahtlos ineinandersteckten und die Nässe nicht durchließen. Zuletzt zog er sich den Helm über und schloss das Visier. Er öffnete die Garagentür und schob die schwere Maschine hinaus.

Die Fahrt zum Haus wurde ein Horrortrip. Dicke Tropfen fielen herab und machten die Straße seifig. Sie drangen zwar nicht durch sein Lederzeug, aber ihm wurde kalt, und die Tropfen auf dem Gesichtsschutz ließen ihm wenig Sicht. Er musste seinen inneren Schweinehund überwinden, um wirklich den Umweg zum deutschen Metzger zu fahren. Den Rest der Strecke freute er sich auf das Haus und dass er dort wieder ins Trockene kam.

Als er es vor sich sah, verdüsterte sich seine Stimmung sofort. Vor der Tür stand bereits Bencomo!

Der wollte wohl auch der Erste sein und stand dort als wandelnder Vorwurf dafür, dass er ohne Pate kommen musste. Gran Tinerfe trug nach seiner Meinung die Verantwortung dafür.

Der Meister grüßte ihn mürrisch und fragte: »Warum bist du schon da?«

»Ich wollte dir einfach nahe sein«, biederte er sich verlogen an.

Meine Großmutter sagte immer: *Es gibt Momente, da zählt nur die Wahrheit, und dann heißt es lügen, lügen, lügen*, erkannte Gran Tinerfe das falsche Spiel und antwortete spitz und mit harten Augen: »Deine Nähe erscheint mir wie die Distanz zu einem Dolch.«

Er reagierte irritiert, als Bencomo ihn genau musterte. Bencomo besah jedoch weniger ihn als sein Kraftrad und war froh darüber, was er sah. Gran Tinerfe hat die Futterdose für den Kater dabei, stellte er zufrieden fest.

Gran Tinerfe schloss die Tür auf und trat in den Raum. Noch bevor er Licht machte, wandte er sich um und rief Bencomo zu: »Wenn du schon da bist, dann hilf mir bei der Vorbereitung!«

Bencomo folgte ärgerlich. Er hatte anderes vorgehabt, das musste nun warten.

»Hilf mir die Geißbockstatue vor den Tisch zu rücken«, forderte ihn der Meister auf.

Zusammen schleppten sie die schwere Holzfigur aus der Ecke heran. Das Tier sollte für die Neuen im Vordergrund stehen. Es stand für sexuelle Gier, Fruchtbarkeit und Lebensfreude, drei Dinge, die die Adepten bestimmt ansprachen. Sie würden dem Bock später mit einem Kuss auf den Hintern ihre Referenz erweisen müssen.

Schwarz war als Farbgebung im Raum dominant. Die Kleidung, die Verkleidung des Tisches und der Wände, die Kerzen, alle Ritualgegenstände und das Tier waren in Schwarz drapiert. Nur das umgedrehte Kreuz aus Eisen glänzte matt.

Auf den langen Tisch waren Brandyflaschen und Joints gestellt. Hemmungen sollten von Beginn an überwunden werden. Die Drogen würden alle Ängste betäuben. Ganz im Sinne Satans würden stattdessen Lüste und Fantasien freigesetzt.

Gran Tinerfe programmierte auf seinem schwarzen Computer die Reihenfolge der Rhythmen, die er abspielen wollte, und legte den Starter zurecht, um sie zur richtigen Zeit laufen zu lassen.

Das mit der Musik gekoppelte Stroboskop mit den Blitzeffekten überprüfte er auf Funktionsfähigkeit. Es würde nach seiner Erfahrung die Orientierungsfähigkeit sowie Urteils- und Reaktionsvermögen der Probanden weiter vermindern.

Nicht weit von der Statue des Bocks entfernt zeichnete er einen Kreidekreis auf den Boden. Er umrahmte ihn 3-mal mit der Zahl 6. *Der Mensch ist ein Tier!*

In die Mitte des Kreises legte er eine Puppe aus Wachs. An den Kreisrand stellte er eine Kerze, zündete sie aber noch nicht an. Daneben platzierte er eine schmale Klinge.

Er hatte sich aus einer Thermoskanne bereits die vierte Tasse Kaffee genommen, und Bencomo versuchte sich erneut anzubiedern: »Du trinkst zu viel Kaffee. Das ist ungesund.«

»Quatsch, Kaffee ist nur schädlich, wenn dir ein Sack davon aus dem dritten Stockwerk auf den Kopf fällt«, reagierte der Meister ungnädig. »Geh vor die Tür und lass mich allein. Ich möchte noch etwas im heiligen Buch lesen«, herrschte er ihn an.

Bencomo tat nichts lieber als das, nun konnte er endlich seinen Plan ausführen. Draußen sah er sich noch einmal prüfend um, der Meister war ihm nicht gefolgt. Er eilte zu dessen Motorrad und nahm eine kleine Ampulle aus der Hosentasche. Sie beinhaltete Gift. Der Verkäufer hatte ihm versprochen, dass es für Katzen so verführerisch wie Lebertran schmecke und trotzdem tödlich sei. Der Tod von LaVey sollte die Rache für das Schicksal Espinosas werden.

Bencomo fingerte zielsicher an der Futterdose herum und schüttete die Flüssigkeit zwischen das Schweineherz. Er verschloss die Box wieder und schüttelte den Inhalt einmal kräftig durch. Er hatte sein infames Vorhaben keinen Moment zu früh ausgeführt, denn von der Zufahrtsstraße klangen Motorengeräusche herauf. Die anderen kamen.

Gran Tinerfe hatte die Geräusche ebenfalls gehört und kam vor die Tür, um die Männer zu empfangen.

Er zählte sie durch. Neben Chincanayro fehlte sein Pate und Anaterve war abwesend. Zu seiner Überraschung stand Anaterves Kandidat neben Pelicar, der ja selbst niemanden geworben hatte.

Gran Tinerfe wandte sich an Chincanayro: »Du bist bei deinem Paten nicht sehr überzeugend gewesen.«

Chincanayro nickte bekümmert.

»Nun, wenn einer keinen Zugang zu anderen findet, dann ist das nicht verwerflich. Aber wer sich mit uns eingelassen hat, ist nach bestandener Mutprobe gebunden. Du weißt, was du nun zu tun hast«, fuhr er fort.

Chincanayro zuckte zusammen.

Gran Tinerfe lächelte diabolisch und sagte: »Ich sehe, wir haben uns verstanden.« Sein Lächeln wirkte distanziert und mitleidlos. »Du kannst dir hinten aus dem Depot etwas Passendes aussuchen.«

»Anaterve ist unpässlich«, erklärte ihm Chincanayro leise.

»Der Weichling!«, zischte der Meister, dann drehte er sich weg.

»Pelicar hat Anaterves Paten mitgebracht«, fuhr Chincanayro fort.

Pelicar guckte hoffnungsvoll zum Meister hin, vielleicht hatte der ja nun ein gutes Wort für ihn, aber das blieb aus..

Nun wandte sich der Meister freundlich an die Neulinge: »Ihr wartet hier, bis wir uns für euch festlich angekleidet haben, dann werdet ihr gerufen.«

Die Mitglieder verschwanden im Festraum, um ihre Talare und Masken anzuziehen. Um ihn zu ärgern, ließ der Meister Bencomo noch einige niederen Dienste verrichten, dann forderte er ihn herrisch auf, die Neuen hereinzuführen. Für sie war eine Tischseite freigehalten.

Die Musik und die Blitzeffekte setzten ein. Beides zeigte bei den Neuen Wirkung. Der Meister verstärkte sie noch mit seinen Worten: »Werdet euch eurer Körperlichkeit bewusst! Gebt euren natürlichen Trieben nach! Das bedeutet Sinnesfreude anstatt Enthaltsamkeit. Sinnesfreude ist kein Zwang. Sinnesfreude lässt euch, anders als Zwang, die Wahl, frei zu entscheiden. Greift zu, nehmt die Köstlichkeiten vom Tisch und nutzt sie reichlich!«

Die Neuen ließen sich das nicht zweimal sagen, und ihre Stimmung stieg schnell an.

Gran Tinerfe wartete mit einem weiteren Paukenschlag auf. Er entzündete die Kerze neben dem weißen Kreidekreis und brachte die Klinge in der Flamme zum Glühen. Währenddessen murmelte er eine für die anderen unverständliche Formel, um Satan herbeizurufen.

Er forderte alle auf, sich gegenseitig zu berühren. Er wartete, bis ein geschlossener Kreis entstanden war. Dann zeichnete er mit der glühenden Klinge ein umgekehrtes Kreuz in die Luft und ließ sie in den Leib der Puppe fahren. Er schrie dabei laut in den Raum: »Natas ni snu, nema!« Das hieß umgekehrt gesprochen: Satan in uns, amen!

Nur er wusste, dass er mit dem Stich in die Puppe einem Lebewesen den Tod gewünscht hatte, und zwar Bencomo, seinem Erzfeind. Zur Bekräftigung ritzte er sich mit dem Messer leicht in die Hand und ließ einige Tropfen Blut auf die Puppe fallen. Damit war die Zeremonie noch immer nicht abgeschlossen. Seine Hände zeigten nun zu dem großen schwarzen Geißbock hin. Wieder sprach er rückwärts mit Spott in der Stimme: »Thes, red Biel Snatas!« – Seht, der Leib Satans! »Er hält euch zur Huldigung sein nacktes Hinterteil hin. Küsst es, damit es euch Geilheit und Fruchtbarkeit beschert!«

Mit Lachen und Gejohle näherte sich die Corona der Statue, um den Hintern zu küssen.

Gran Tinerfe war danach, mit eiserner Strenge Respekt einzufordern, doch er ließ sie gewähren und ging sogar auf ihre ausgelassene Stimmung ein:

»Das Gesetz des Starken,
das ist unser Gesetz
und die Freude der Welt.
Tut, was ihr wollt, so heißt das ganze Gesetz!
Ihr habt das Recht, dem eigenen Willen zu folgen.
Folgt ihm, und kein anderer soll Nein sagen.«

Bencomo ließ in Gran Tinerfe ein weiteres Mal die Galle hochsteigen. Der wartete neben der Statue, bis alle das Spundloch des Bocks geküsst hatten, dann bildete er mit ihnen eine Kette und führte sie, ohne den Befehl des Meisters abzuwarten, im Reigen bis zu ihren Plätzen zurück.

Dieser Kerl muss immer eine Extrawurst braten! Ich werde ihn gründlich bestrafen, dachte Gran Tinerfe. Doch für den Moment beherrschte er sich, seine Rachegelüste durften ihn jetzt nicht vereinnahmen. Er hatte noch zu tun. Er drehte sich so schwungvoll um, dass sein schwarzer Seidenrock sich wie eine Glocke blähte, ging zu dem Quertisch und griff nach der schweren Satansbibel. Nun begann er in Gedichtform das Christentum zu verhöhnen. Das mussten die Neuen unbedingt hören:

»Christenblut, Christenblut, von meinen Händen tropft es nieder.
Kreuzigt ihn, kreuzigt ihn, immer wieder, immer wieder!
Zum Rächer ruf ich dich, oh schwarzer Vater,
unbändiger Hass füllt meine Ader.

Ich brauche deine Schulter, die Last ist so schwer.
Ich knie im Staub und bitte dich her.
Das Opfer zu töten mit dem heiligen Messer,
komm, Satan, komm, wer könnte das besser!
Ich hebe das Messer, bereit zum Schlag,
Herr, lass Christus sterben an diesem Tag.
Wie viele Menschen starben in seinem Namen?
Die Männer der Kirche sagten nur Amen.
Warum hat Christ so viel Einfluss in der Welt?
Wann ist Luzifer da, der sich gegen ihn stellt?
Religion ist vorbei, Religion der Massen.
Mit dem schwarzen Herrn ist nicht zu spaßen!
Unsere Kraft gegen das Kreuz und gegen Gott!
Wir kämpfen mit Wut und verspüren nur Spott.
Gegen das Kreuz! Erhebt euch, ihr Massen!
Zerstört die Symbole, lasst uns den Menschensohn hassen!
In meinem Innern schlummern Satans Kräfte.
Ich setze sie ein, speie giftige Säfte.
Es schlummert dich ein, giftig und rot.
Satan bringt Christ den ewigen Tod.
Ich will, dass der Erdball in seinen Händen liegt.
Ich will, dass unser Vater Christus besiegt!«

Trotz des vielen Alkohols und der Drogen fiel die ausgelassene Stimmung bei diesen eindringlichen Worten in sich zusammen. Im Raum herrschte andächtiges Schweigen. Nun hatte der Meister die Neuen so weit. Er konnte sie aufnehmen und hatte auch dafür die richtigen Worte. Er richtete sie an jeden Einzelnen von ihnen.

Der Song »*Don't Break The Oath*« – Brich nicht den Schwur – setzte ein.

»Wir haben vor, dich in unserer Bruderschaft aufzunehmen«, begann er. »Das bedeutet, dass du uns über alles andere, deine Freunde, deine Familie und dein Land, stellen musst. Gott gibt es für dich nicht mehr.

Die Strafe für schweren Ungehorsam ist der Tod. Wenn du zustimmst, so antworte: Ich schwöre in Satans Namen.«

Alvaro Bocos hatte er dabei angeschaut, und der schwor als Erster und erhielt den Namen des Guanchenfürstes Inmobach.

Nun wandte er sich an Rubén Mora: »Wenn du den Schwur geleistet hast, verpflichtest du dich zu ewiger Geheimhaltung. Wenn du unsere Sache verrätst, soll deine Seele brennen, wie dieses Feuer.«

»So soll es sein«, antwortete der Pate mit fester Stimme und bekam den Sektennamen Romen.

»In dieser Bruderschaft geht es um Ehre, Respekt und Loyalität. Für das Wohl deiner Brüder wirst du den Tod nicht scheuen.«

»Das schwöre ich«, versprach Alonso Peraza und hieß künftig Gueton.

Victor Vega war der Nächste: »Ohne Regeln gibt es keine Familie. Willst du die Regeln stets befolgen?«

»Ich will, in Satans Namen!« Victor Vega erhielt den Namen Teguaco.

»Brüder stehen immer zu ihrem Wort. Willst du dies auch tun?«

»Ich will, in Satans Namen!«

»So erkläre ich dich zu unserem Bruder.«

Ramón Ortega erhielt in Erinnerung an den toten Francisco Lugos dessen Namen Cacanaymo.

»Du bekommst damit große Vorschusslorbeeren«, erklärte ihm der Meister. »Ich erwarte von dir absolute Loyalität, enttäusche mich nicht.«

Endlich erläuterte er den Männern sein Vorhaben für den Jahresbeginn. »Mit einer Grabschändung trifft man das Christenpack mitten ins Herz«, erklärte er. »Die werden wir durchführen!« Er legte genaue Zeiten fest und wie der Informationsfluss zwischen den Brüdern über E-Mail ablaufen sollte. Dann teilte er die Gruppen ein.

Noch einige traditionelle Gebete für den Erfolg wurden rückwärts aufgesagt. Ein Kruzifix wurde kopfstehend aufgehängt und vieles aus der katholischen Messe verspottet, dann ging die Feierlichkeit zu Ende. Einige der Jünger waren von Alkohol und Drogen so angeschlagen, dass es sträflich war, sich mit den Motorrädern auf den Heimweg zu machen. Aber alle fühlten sich stark genug dafür, und eine Warnung durch den Meister blieb aus.

Als Gran Tinerfe sein Zuhause erreichte, war er zufrieden. Alles war in seinem Sinne abgelaufen.

Sein Kater LaVey räkelte sich auf dem schwarzen Sofa und wäre kaum zu sehen gewesen, hätte er nicht auf dem Rücken gelegen. Sein Bauch hatte einige weiße Stellen. Unter seinem Bauchfell pumpte sein kleines Herz. Seine grünen Augen waren neugierig auf sein Herrchen gerichtet. Der Meister beschloss, den Kater an seiner eigenen Zufriedenheit teilhaben zu lassen, ging in die Küche und machte ihm eine Schüssel mit Schweineherz fertig.

Es schien, als habe LaVey eine solche Geste erwartet. Er war vom Sofa gesprungen, Gran Tinerfe mit hochstehendem Schwanz in die Küche gefolgt und schnurrte um dessen Beine. Gierig schlang er einige Brocken in sich hinein. Gran Tinerfe sah ihm nur einen kurzen Augenblick zu, dann ging er vergnügt ins Wohnzimmer zurück. Der Kater würde folgen, wenn er fertig war.

Es verging einige Zeit und LaVey folgte nicht. Gran Tinerfe wurde unwillig und guckte, wo der denn bliebe. Er traute seinen Augen nicht. LaVey lag verkrampft, mit gelbgefärbten Augen und offenem, schaumbeschmiertem Maul, auf den Küchenfliesen und war tot.

Vergiftet, durchfuhr ihn ein Gedanke. Von wem? Das kann nur Bencomo getan haben, wurde er sich schnell gewiss. Der hatte alle Zeit der Welt, etwas in die Thermobox zu streuen.

Der plötzliche Tod des Katers war Grund für ihn, voll Trauer zu philosophieren: Was bedeutet der Tod des Katers für mich?, fragte er sich. Das Leben ist eine Achterbahn ins Ungewisse mit vielen Auf und Ab. Aber ich bin weder ermordet noch gestorben. Es ist mit LaVeys Tod nur eine Narbe dazugekommen, die mich stärker macht. Aber sie schmerzt auch, wie ein Pflaster, das man von einer offenen Wunde abzieht. Die Klangschale seiner Seele hatte einen Riss bekommen und ihren fröhlichen Ton verloren.

Aber es war auch festzuhalten: Es gab kein Leben nach dem Tod, sondern nur das Leben hier und jetzt. LaVey hatte sein Leben gehabt, und das war gut gewesen. Sentimentalitäten waren also fehl am Platz. Gran

Tinerfe holte eine Plastiktüte aus der Küche, packte den Kadaver hinein und trug ihn hinaus zur Tonne.

Dann kam in ihm der Wunsch auf, völlige Gewissheit zu haben, dass sein Liebling wirklich vergiftet worden war.

Er holte einige Brocken von dem vermeintlich vergifteten Fleisch. Draußen in der Hecke hielt eine Katzenfreundin stets ein Tellerchen mit Katzenfutter bereit. Dort legte er die Fleischstücke aus und drehte eine längere Runde durch die Straßen. Als er wieder an dem Teller vorbeikam, hatte er die Gewissheit: Eine gescheckte Katze lag tot auf dem Gehweg. Sie hatte es nicht mehr als zwei Meter vom Futterteller weggeschafft!

Gran Tinerfes Durst nach Rache war nun unbändig groß, er glaubte alles Recht dazu auf seiner Seite zu haben. Aber die Rache musste warten. Für seinen großen Coup zum Jahresbeginn brauchte er alle verfügbaren Leute und keine Unruhe. Der kluge Adler verbirgt seine Krallen. Er mahnte sich zur Geduld.

Chincanayro hatte Gran Tinerfes Befehl verstanden. Er sollte einen Menschen töten, und zwar nicht, um Satan zu besänftigen oder zu ehren, sondern um ein wertloses Individuum aus der Welt zu schaffen. Er sah ein, dass sein abtrünniger Pate es nicht anders verdient hatte. Die geforderte Tat entsprach Nummer fünf der satanischen Grundsätze:

Satan repräsentiert Vergeltung anstatt Darbieten der anderen Wange!

Er würde die Regel befolgen, und seine ganze Konzentration musste dieser Aufgabe gelten. Bald wusste er auch, wie er die Bestrafung angehen würde.

Schon einen Tag drauf erledigte er sie in perfekter Weise. Die Guardia Civil konnte nur wenig von der Tat rekonstruieren. Zwei ältere Passanten hatten gesehen, wie ein Motorradfahrer in schwarzer Lederkluft seine Maschine anwarf. Die explodierte kurz nach dem Anwerfen in einem riesigen Feuerball. Der Fahrer verbrannte bis zur Unkenntlichkeit. Das größte von der Straße abgeschabte Gewebeteil wog 30 Gramm. Weder verwertbare Fingerkuppen noch Gebissfragmente konnten geborgen werden. Keine vermisste Person passte zu dem grausamen Fund, und so mutmaßten die Beamten, dass es sich bei dem Toten um einen ausländischen Biker handele. In Wahrheit war der Tinerfeño Pedro Simancas tot. Die Polizeiführung reagierte pragmatisch. Sie bestand auf weiterer Aufklärung, ließ aber den üblichen Druck vermissen, den sie ausübte, wenn sie selbst unter Druck gesetzt wurde. Das war nicht der Fall. Sollten sich diese Biker ruhig selbst dezimieren. Für die kommenden Festtage wurde keine zusätzliche Fahndungsarbeit angeordnet.

Bei Teresa und Ramón gingen jedoch Diskussion und Rätselraten über den Toten weiter. Ramón legte seinen Kopf in den Nacken und sah an die Decke.

»Was machst du da?«, fragte Teresa.

»Ich mache mir Gedanken über das plötzliche Massensterben unter Motorradfahrern«, antwortete er. »Hast du vielleicht irgendeine Theorie dafür?«

»Da ist irgendwo Dampf im Kessel. Als Psychologin werbe ich dafür, dass Konflikte emotional ausgetragen werden. Wenn der Dampf verfliegt, können sich die Gegner wieder befreit an einen Tisch setzen und reden. Man muss sich natürlich danach noch zusammensetzen können. Das ist in diesen Fällen nicht möglich. Mit Toten kann man nicht sprechen. Alles deutet darauf hin, dass in einer Gruppe, ob Sekte oder Motorradgang, irgendetwas aus dem Ruder gelaufen ist. Lass mich das als eine Art Machtkampf mit Todesfolge bezeichnen. Eine Gruppe scheint mir kurz davorzustehen, auseinanderzubrechen. Wenn ich nicht falsch liege, wird der Führer bald einen letzten Versuch starten, die Kampfhähne nochmals zu einen. Das könnte durch einen spektakulären Coup erfolgen, der die feindlichen Parteien wieder zusammenschweißt.«

»Mein lieber Schatz, das erscheint mir doch sehr vage«, antwortete Ramón. »Ich glaube nicht mal, dass der letzte Tote etwas mit den anderen Opfern zu tun hat.«

»*A donde te quieren mucho no vengas a menudo*« – Der Prophet gilt eben nichts im eigenen Land –, erwiderte Teresa. »Frag mich also bitte nicht weiter.« Sie tat verschnupft.

»Der liebe Gott sollte uns wenigstens vor einer weiteren Untat verschonen«, meinte Ramón.

12.

Ramón hoffte seinen leeren Akku über die freien Tage um Silvester wieder etwas aufladen zu können.

Mit dem Ort für die Silvesterfeier wollte er Teresa überraschen. Am Hafen von Puerto stand ein altes Bürgerhaus, in dem in der oberen Etage viele Jahre das Familienrestaurant *Casa Miranda* geführt worden war. In der unteren Etage befand sich ein kleines gemütliches Bistro, in dem ganze Serrano-Schinken von der Decke hingen und fortwährend für Tapas angeschnitten wurden.

Beide Lokale hatten ihre Pforten aus familiären Gründen geschlossen und wurden an Silvester für ein handverlesenes Publikum nur kurze Zeit wieder geöffnet.

Ramón hatte für Teresa und sich einen Tisch ergattert, von dem sie durch ein Fenster direkt auf den Rummelplatz sehen konnten, über dem nach 24 Uhr das große Feuerwerk abbrennen würde.

Für die kleine Mercedes gab es ein ruhiges Plätzchen, sollte sie trotz aller Aufregung müde werden und einschlafen.

Ramón war mit seiner Bitte um Reservierung bevorzugt berücksichtigt worden, weil er über viele Jahre dem Haus die Treue gehalten hatte und vom nahe gelegenen Revier herübergekommen war, um sein Mittagessen einzunehmen. Oftmals war es das Tagesmenü gewesen, denn das war stets von bester Qualität.

Von dieser Örtlichkeit war es nur ein Katzensprung zum *Plaza del Charco*, wo nach dem Feuerwerk ganz Puerto herumflanierte und auf das neue Jahr anstieß.

Bei der Auswahl des Menüs hatte Ramón sich besonders Mühe gegeben. Er kannte Teresas Vorliebe für Fisch und die wurde natürlich berücksichtigt: Als Vorspeise gab es pikante Thunfischspieße mit Tintenfischtuben in Serrano-Schinken gewickelt.

Als Zwischengericht hatte er schwarze Spaghetti in Sepiatinte mit Gambas ausgewählt. Rote Thaicurrypaste war dazu ein Muss.

Damit das Menü nicht zu schwer wurde, ließ er als Hauptgang nur ein Wolfsbarschcarpaccio mit Zitronenpuder und Knoblauchbrot folgen.

Er stellte sich vor, wie die hauchdünnen Scheiben in fruchtigem Weißwein, Fleur de Sel und Pfeffer aus der Mühle mehrere Stunden gekühlt mariniert wurden.

Beim Dessert hatte er mehr an sich gedacht: Halb flüssiger, schwarzer Schokoladenkuchen mit einer Kugel Vanilleeis und Pistaziensplitter ließen ihm schon beim Gedanken daran das Wasser im Mund zusammenlaufen.

Als er mit seinen beiden »Frauen« im *Miranda* ankam, waren schon viele Gäste anwesend. Er freute sich darüber, dass fast alle alten Kellner Dienst taten und ihn mit großem Hallo begrüßten. Es machte ihn stolz, wie viel Aufmerksamkeit die kleine Mercedes erregte.

Die Camareros erkoren sie zum Mittelpunkt des Geschehens und versuchten, sie mit kleinen kindischen Tönchen und lustigen Grimassen für sich zu gewinnen. Mercedes beobachtete alles mit ihren großen Kirschaugen, die gar nicht zur Ruhe kommen wollten.

»Nicht nur die wunderschönen schwarzen Augen hat sie von der Mutter, die kleine Prinzessin«, schwärmte der ehemalige Oberkellner.

Teresa warf ihm einen lieben Blick zu und dankte ihm mit einer leichten Berührung seines Unterarms, was ihm sichtlich gefiel.

Die Tische waren festlich eingedeckt, und auf den weißen Tischdecken schimmerten bunte Kerzen.

Die verschiedenen Farben hatten ihre Bedeutung: Blau stand für Frieden, Gelb für Überfluss, Rot für Leidenschaft, Grün für Gesundheit, Weiß für Klarheit und Orange für Intelligenz.

Der Abend begann mit *Cava* und würde mit *Cava* enden. Das war Tradition. Dazu gab es kalte und warme Tapas und das gesamte Servicegeschwader überschlug sich darin, Mercedes die besten Häppchen anzubieten.

Das Kind aß mit Genuss, bis Teresa weitere Stückchen mit hocherhobenen Händen abwehrte.

»Hört auf«, ermahnte sie die alten Herren. »Ihr wollt doch aus unserem kleinen Engelchen keinen Fettkloß machen!« Ihre Strenge an diesem Festtag wollten die Kellner nicht gelten lassen, und Ramón trat ihnen zur Seite: »Lass doch, Teresa! Tiere wissen nicht, wann sie genug haben. Unser kluges Mädchen weiß aber sicher, wann es Schluss machen muss.«

Die Kleine hatte irgendwie verstanden, dass es um sie ging, und strahlte ihren Vater glücklich an.

Ihre Ärmchen reckten sich ihm entgegen, und er fühlte sich im wahrsten Sinne des Wortes stolz wie ein Spanier.

Teresa lenkte ein, schwenkte ihr Glas einmal im Kreis, nickte allen zustimmend zu, trank einen kleinen Schluck auf die dienstbaren Geister und streichelte ihre Tochter liebevoll.

Es wurde viel gescherzt und getrunken, bevor das Festmahl begann. Mercedes saß auf ihrem Kindersitz wie auf einem Thron und klopfte mit ihrem Kinderbesteck voller Erwartung auf das Holztischchen. Bald interessierte sie das Geschehen vor dem Fenster viel mehr als das im Speisesaal. Draußen hupten und heulten die Kirmesmaschinen und zogen sie mit ihren grellbunten Lichtorgeln in Bann. Besonders die blitzende Achterbahn mit ihren rasenden Bewegungen, den blinkenden Lichtern und lauten Tönen erregte ihre Aufmerksamkeit.

Für die köstliche Vorspeise zeigte Mercedes keinerlei Sympathie und verlangte stattdessen nach ihrem Schnuller.

Ramón fühlte sich bestätigt: »Siehst du, sie isst nur so viel, wie sie verträgt.«

Trotz des Trubels um sie herum klappten der Kleinen bald die Augen zu, und Ramón, ganz fürsorglicher Vater, bettete sie vorsichtig in den Kinderwagenaufsatz, der in der Ecke neben ihm stand. Mercedes schwebte darin friedlich in das Land der Träume.

Die schwarzen Spaghetti in Sepiatinte mit Gambas trafen Teresas Geschmacksnerven genau, und sie lobte Ramón für die Wahl. Der war glücklich und fühlte sich als Feinschmecker bestätigt.

Beim Wolfsbarschcarpaccio trat Teresas aufmüpfige Art ein wenig zu Tage: »Wie aufmerksam, dass du keinen Teufelsfisch ausgesucht hast!«

Ramón parierte gekonnt: »*Te conozco bacalao aunque vengas disfrazado.*« – Ich kenne dich, Kabeljau, auch wenn du verkleidet daherkommen solltest! Im Stillen dachte er jedoch, wie sehr ihn die Geschichte mit der Teufelssekte quälte und in seinem Unterbewusstsein rumorte. Er verschwieg diese Sorgen und griff zu einem weiteren Glas Rotwein, nicht nur um die Sorgen zu betäuben, sondern auch weil der Wein wunderbar schmeckte.

Zum Schluss des Menüs beteuerte Teresa ein weiteres Mal, dass alle Gänge himmlisch gewesen seien.

»Zu himmlisch und essen fällt mir eine kleine Geschichte ein, die dir zeigt, wie gut es ist, zusammenzuhalten«, antwortete Ramón gesättigt und zufrieden:

»*Petrus zeigte einem Verstorbenen den Himmel. Im Vorzimmer saßen Menschen todernst um ein herrliches Mahl, aber ihre Bestecke waren zu lang, um damit zu essen. Petrus ging mit dem Neuankömmling in den nächsten Raum. Dort war alles gleich, doch die Menschen waren lustig und wohlgenährt.*

Der Verstorbene konnte das nicht verstehen. – Nun ja, die haben die Einstellung für den Himmel gefunden, erklärte ihm Petrus. Sie füttern sich mit den langen Löffeln über den Tisch weg gegenseitig!«

Teresa lachte und verkniff sich nur schwer einen bissigen Kommentar, der ihr auf der Zunge lag.

Bald waberten die Gespräche und das Lachen zwischen den Tischen hin und her. Man kannte sich, man mochte sich, und alles war von der Vorfreude auf das neue Jahr bestimmt. Es wurde getrunken und zur Musik gesungen, obwohl es doch hieß: *Cuando el español canta, una pena tiene en la garganta.* – Wenn ein Spanier singt, hat er Halsschmerzen!

Zum Dessert war Mercedes wieder auf dem Posten.

»Sie ist nicht nur süß, sondern isst auch süß«, amüsierte Ramón Teresa mit einem Wortspiel.

Die Kleine krähte vor Vergnügen, als ihre Mutter sie fütterte.

»Aha, du willst im alten Jahr noch mal Punkte sammeln«, neckte Ramón seine Frau.

Die Zeiger der Uhr wanderten stetig weiter. Was sonst schmerzlich als verrinnende Lebenszeit empfunden wurde, begleitete man an diesem Abend mit Sympathie, denn alle erwarteten ungeduldig Mitternacht und das neue Jahr. In den letzten Minuten des alten Jahres liefen die Vorbereitungen im Saal auf Hochtouren.

Von allen Plätzen war das Fernsehbild zu sehen, auf dem sich die Zeiger der Uhr fortbewegten.

Vor allen Gästen lag ein abgepacktes Tütchen mit Trauben. Die Tüten enthielten jeweils 12 Früchte, die nach alter Sitte zu den 12 Schlägen der Uhr um Mitternacht verspeist werden mussten.

Zu jeder Traube durfte man sich etwas wünschen.

Ramón bearbeitete die Portion für Mercedes geschickt mit flinken Bewegungen. Das Kind konnte nicht die ganzen Trauben essen, und so schnitt er ihr eine gleiche Anzahl kleinerer Stücke zurecht.

»Schade, dass sich Mercedes noch nichts wünschen kann«, sagte er dabei.

»Bist du sicher, mein Schatz?«, verulkte ihn Teresa. »Du kannst ja für sie etwas mitwünschen.«

Die Kellner waren mit fliegenden Schritten unterwegs, um für das gemeinsame Prosit genügend Gläser mit Cava zu füllen, denn die Zeit lief davon.

Ramón gelang es, in Teresas Glas unbemerkt eine zierliche Goldkette zu versenken. Das sollte Glück in der Liebe und Wohlstand bringen.

Noch bevor Teresa die erste Traube in den Mund geschoben hatte, fragte Ramón sie: »Was wünschst du dir eigentlich?«

Sie schaute ihn verblüfft an. »Du weißt doch, dass es sich mit Traubenwünschen wie mit Sternschnuppenwünschen verhält. Wenn man sie ausplaudert, gehen sie nicht in Erfüllung. Übrigens, wünsch du dir bitte ja nichts, was mich weiter einengt.« Bei diesem Satz setzte sie trotz des ernsten Hintergrunds ein keckes Lächeln auf.

Als sie sah, dass dies zu Ramóns Beschwichtigung nicht ausreiche, er atmete sichtlich tief ein, hob sie die Hände und fügte hinzu:»Friede, ich kann heute gut auf Streit verzichten, er würde mir zwar nicht den Schlaf rauben, aber der Tag ist viel zu schön dafür!«

Mit dem 12. Glockenschlag hatten sie ihre Trauben verspeist und lagen sich in den Armen.

Den Goldschmuck entdeckte Teresa schon beim ersten Schluck und begrüßte ihn mit einem Jubelschrei.

Als die beiden Erwachsenen Mercedes als Dritte in ihren Bund aufnehmen wollten – *A la tercera va la vencida* – Aller guten Dinge sind drei –, stellten sie fest, dass die Kleine wieder eingeschlafen war.

Weder die guten Wünsche – *Próspero año nuevo* – Frohes neues Jahr, *Mucho éxito* – Viel Erfolg, *Mucha suert* –, Viel Glück –, die durch den Saal gerufen wurden, noch der Tusch der Kapelle konnten sie aus ihrem Schlummer zurückholen.

»Ich wünsche dir nur das Beste, mein Liebling«, sagte Ramón zu Teresa und gab ihr einen Kuss.

»*Mala hierba nunca muere*« – Unkraut vergeht nicht, antwortete sie rau, um ihre Rührung zu verbergen.

Die ersten Böller des Feuerwerks zeigten ihnen, wie günstig sie saßen. Sie hatten aus dem Fenster freien Blick auf den Rummelplatz, über dem nun das bunte Farbenspiel seinen Anfang nahm.

Bald fielen glitzernde Kaskaden direkt vor ihren Augen vom Himmel, Gold- und Silberregen, bunte Kugeln, Sterne und Blitze. Im Saal wurde geklatscht und gejubelt, und Mercedes schlief fest. Sie wachte nicht einmal auf, als schwere Kracher das Ende des Schauspiels ankündigten.

Der Aufbruch der Martins ging mit gleich lautem Hallo vonstatten wie ihr Kommen. Ramón schüttelte die Hände aller Kellner, und gute Wünsche wechselten hin und her mit der ausdrücklichen Hoffnung auf ein baldiges Wiedersehen. Ramón verteilte großzügig Trinkgelder, wofür lautstark gedankt wurde.

Draußen vor dem Restaurant konnten sie das Treiben auf dem Jahrmarkt noch viel besser verfolgen als von oben durchs Fenster. Bunte Lichter gingen an und aus, wie bei einer Lichtorgel. Aus verschiedenen Boxen tönte in tosender Lautstärke unterschiedlichste Musik.

Im Vordergrund drehte sich langsam ein nostalgisches Karussell mit Pferden, weißen Schwänen, Oldtimern und einem Feuerwehrwagen. Es war erstaunlich, wie viele Kinder sich zu so später Stunde noch darauf vergnügten. Aber heute war eben Ausnahmezustand.

Rechts hinten auf dem Platz drehte sich ein Riesenrad, und Teresa konnte sich gut vorstellen, welch schönen Blick man über das Gewimmel hatte, wenn die eigene Kabine ganz oben stehen blieb, bis sich die Kabinen unten gefüllt hatten. Ramón zeigte mehr Interesse für die Achterbahn, die mit schrecklichem Gejaule unter Lichtblitzen eine furiose Berg-und-Tal-Fahrt ausführte.

Es war für jeden Geschmack etwas dabei, jeder kam auf seine Kosten, auch die etwas Trägeren, die lieber nach Zuckerwatte und anderem Naschwerk griffen.

Ramón fragte Teresa: »Willst du noch eine Runde über den Rummelplatz drehen?«

»Das ist, glaube ich, keine gute Idee. Dort ist es viel zu laut. Ich möchte nicht, dass Mercedes aufwacht. Lass uns noch einmal kurz auf die Plaza del Charco gehen. Dort begrüßt ganz Puerto das neue Jahr und dabei zu sein gehört einfach dazu.«

Ramón nickte und murmelte leise in sich hinein: »Viel leiser werden wir es da auch nicht haben.«

Auf dem kurzen Weg zur *Plaza* tönte ihnen aus einer Bar ein Lied von Julio Iglesias entgegen.

Ramón runzelte die Stirn, er mochte diese Schnulze gar nicht.

Teresa wusste das und wiegelte ab: »Das wird doch nur gespielt, um Touristen anzulocken.«

Ramón antwortete voll Sarkasmus: »Da saß Iglesias auf einem hölzernen Stuhl mit einer Elektrogitarre im Arm und viele dachten: Wäre es doch umgekehrt!«

Teresa kannte den Witz nicht und musste so laut lachen, dass Mercedes für einen kurzen Moment verwundert die Augen öffnete, aber sie schlummerte sofort wieder ein.

Teresa hatte nicht übertrieben. Auf der *Plaza* ging wirklich die Post ab. Jung und Alt lagen sich in den Armen, Konfetti wurde in die Luft geworfen, Alkohol floss in Strömen, und Musik, Gequatsche und Gelächter sorgten für eine ausgelassene Geräuschkulisse.

»Wir sollten Schluss machen«, sagte Ramón recht bald. »Ein reines Gewissen ist zwar ein sanftes Ruhekissen, aber bei so viel Lärm nutzt das beste Kissen nichts. Mercedes darf nicht aufwachen, ich wünsche mir noch ein ungestörtes Schäferstündchen mit dir, mein Schatz.«

»Dann will ich ein liebes Mädchen sein und gehorchen«, gurrte sie, und sie gingen zum Taxistand und ließen sich nach Orotava hinauffahren.

Mercedes schlief friedlich durch und gab ihnen die Chance, für sich zu sein.

»Nun darf ich aber die Unterwäsche sehen, die ich dir für die Nacht hingelegt habe. Du hast sie gefunden, ich habe mich vor unserem Weggehen umgesehen, sie war nicht mehr da«, flüsterte Ramón und verdrehte lüstern die Augen.

Nach altem Brauch trug die Frau in der Silvesternacht rote Unterwäsche, die sie von ihrem Liebsten geschenkt bekommen hatte. Ramón hatte einen besonders schönen roten Schlüpfer, *bragas rojas,* und einen roten Büstenhalter, *sujetador rojo,* aus Seide und Spitze erstanden und auf ihr Bett gelegt.

Teresa tat, als wüsste sie gar nicht, wovon er redete, aber Ramón ließ sich nicht verunsichern und begann, sie zu entblättern. »*La ropa interior me gusta mucho*« – Die Unterwäsche gefällt mir gut, sagte er mit einem Lächeln.

Teresa hatte natürlich wieder eine Antwort parat und zeigte dabei auf den Schlüpfer: »Das Nichts aus zwei Dreiecken, das du mir zugedacht hast, würde sicher einen Skandal entfachen, wäre es allgemein sichtbar.«

»Ich bin auch mehr für Exklusivität«, erwiderte er grinsend. »Du musst zugeben, es ist ein Hingucker.«

Nun war es an ihr zu grinsen. »Ich liebe dich, Caro«, flüsterte sie.

»So kann man auch mit kleinen Sachen Psychologinnen Freude machen«, meinte Ramón selbstzufrieden.

»Jetzt hast du genug gesehen, du Lüstling«, sagte sie und schaltete das Licht aus, während sie sich dem Bett näherte.

Das schubbernde Geräusch ihrer bestrumpften Beine machte in der Stille für ihn das Warten fast unerträglich. Wie liebte er ihre knisternden Nylons und deren kühle Glätte, die unter den Händen schier elektrisierte!

Schon die Nacht brachte alle Zeichen der Liebe, die sie sich über den Tag hin gewünscht hatten.

Gran Tinerfe hatte ebenfalls mit Alvaro Bocos, alias Inmobach, zusammen ins neue Jahr hineingefeiert. Besonders schön war, dass Inmobach seinem Werben nachgegeben und ihn erhört hatte.

Für Gran Tinerfe war es das erste Mal in seinem Leben gewesen, dass er so etwas wie Liebe verspürt hatte. Es war so fantastisch gewesen, wie er es sich gar nicht hatte vorstellen können.

Zum ersten Mal hatte er einen Mann nicht durch Druck und Angst beherrscht. Es war vielmehr ein Geben und Nehmen mit echten Gefühlen geworden.

Aber schon am Morgen danach hatte er sich gegenüber Alvaro überraschend reserviert gezeigt. Es war ihm irgendwie unwohl, dass in einer Nacht alles geschehen war, für das, nach seiner Vorstellung, andere Liebende Wochen oder gar Monate brauchten.

Sich erklären, sich berühren und auch noch Sex verlangten einfach mehr Zeit!

Würde die Nacht, zu der er sich hatte hinreißen lassen, ein Loch in den Panzer brennen, den er sich in der Sekte so hart erarbeitet hatte? Bencomo würde jede Chance nutzen, in eine offene Wunde zu bohren.

Bald trennten sie sich. Gran Tinerfe wollte allein sein und nachdenken. Das gute Wetter schrie nach einem Spaziergang durch die Stadt. Sonne und frische Luft würden helfen, seinen Kopf wieder freizubekommen.

Er machte sich auf den Weg zur Strandpromenade, und dort erwartete ihn eine Überraschung, die ihm neuen Stress bereitete: Nanu?, dachte er. Wenn man an den Teufel denkt! Unten am Wasser flanierte Bencomo mit einer jungen Frau. Sie trug einen knöchellangen weißen Rock, der

Gran Tinerfe vom Stoff her ein wenig an Verbandsmull erinnerte. Das kurze türkise Oberteil ließ erkennen, dass die Schöne keinen Büstenhalter trug. An ihren nackten Armen zeigten lackierte hölzerne Reifen ein wahres Farbenfeuerwerk. An den bloßen Füßen, deren Nägel mit rotem Nagellack angestrichen waren, glitzerten Sandalen mit Strassperlen. Sie schmiss demonstrativ ihr langes Haar zurück, um es dann wieder über die Stirn nach vorn fallen zu lassen. Als Nächstes fuhr sie mit beiden Händen durch ihre Mähne und gab ihr Fülle.

Gran Tinerfe kam das Ritual vor wie das Radschlagen eines Pfaus. Es sieht so aus, als markieren auch Frauen ihr Revier, dachte er. Bencomo hatte anscheinend große Chancen bei ihr.

Gran Tinerfe konnte die Worte, die sie sprach, nicht verstehen.

»Ich liebe dich und will nicht nur Sex«, lauteten sie.

Bencomo war sich nicht sicher, ob er sich auf Romantik und Liebe einlassen sollte. Für ihn war der Gedanke an ein »Monogamiegefängnis« immer abschreckend gewesen, aber ihre Worte berührten ihn mehr, als ihm recht war.

Nach einer kurzen Überlegung wusste Gran Tinerfe, woher er die Frau kannte. Sie war Verkäuferin im Supermarkt an der Ecke seiner Wohnstraße. Fischte der Kerl jetzt schon frech vor seiner Haustür? Auf jeden Fall ging er zur Sache, und sie ließ ihn, wenn auch zögerlich, gewähren. Er fasste sie ständig an, seine Hände ruhten dauernd an irgendeinem Teil ihres Körpers. Er schämte sich nicht einmal, hier in aller Öffentlichkeit ihre Brust zu berühren, und sie lächelte dazu. Sein zärtliches Streicheln ihres Oberarms ließ Gran Tinerfe trotz der Entfernung das Klappern der Holzreifen ahnen. Als Bencomo ihr Gesicht in seine Hände nahm und ihre Lippen mit einem langen Kuss bedeckte, konnte der Satansmeister nicht mehr hinsehen. Purer Neid schmerzte in seiner Brust. Zu solcher Art Glück war er nicht fähig, und Bencomo wollte er es nicht gönnen.

»Liebst du mich?«, fragte die Kleine.

Bencomo antwortete, ganz Macho, mit einer Gegenfrage: »Weißt du, was eine gute Fee ist?«

»Was soll das?«, fragte sie irritiert.

»Eine Fee ist eine Frau, die sich nach gutem Sex in eine kühle Karaffe *Tinto* verwandelt«, erklärte er ihr mit einem kehligen Lachen in der Stimme.

Sie wusste nicht, ob sie darüber lachen sollte, tat es aber, um cool zu wirken.

Gran Tinerfe hatte ihr Gelächter gesehen und wieder nichts verstanden, aber seine Gedanken hatten weitergearbeitet. Ein teuflischer Plan war in seinem Hirn entstanden. Er würde Bencomo gehörig bestrafen. Diese Schöne sollte bei der nächsten schwarzen Messe auf den Altartisch!

»Gut wird zu Böse, Hell zu Dunkel, Gott zu Satan«, flüsterte er zur Bekräftigung einen Schadenzauber, zeichnete mit der Schuhspitze ein Pentagramm auf den trockenen Boden, und die Finger seiner rechten Hand fassten an das umgedrehte Silberkreuz an seinem Hals. Was er aus seinem schmallippigen Mund herauszischte, wirkte wie ein herabsausendes Fallbeil.

Schnell zog er sich zurück, denn er wollte nicht entdeckt werden. Bencomos Rechte lag inzwischen auf ihrem knackigen Hintern.

Gran Tinerfe schlenderte durch den Park und dachte über seinen Plan weiter nach. Er wusste genau, dass er nach den Regeln seiner Sekte keine erzwungene sexuelle Handlung von der Frau einfordern durfte. Ihre Regeln befürworteten zwar Liebeslust und Sex, aber die mussten von den Beteiligten gewollt sein. Ob sie es dabei außerehelich, orgiastisch oder in einer festen Partnerschaft trieben, war egal. Es musste nur aus freien Stücken geschehen. Gran Tinerfe fand schnell eine Lösung, wie die Regeln in seinem Sinn passend gemacht werden konnten. Jeder Mensch wurde gefügig, wenn er nur die richtige Dröhnung bekam. Und an Drogen und willigen Helfershelfern, sie an die Frau zu bringen, mangelte es dem Meister nicht. Er würde Bencomos Liebchen die Einwilligung schon abringen! Bei dieser Vorstellung huschte ein hässliches Lächeln über sein Gesicht.

Zufrieden fokussierten seine Gedanken wieder sein eigenes Ich: Was für ein Glück, dass ihm die Brüder seine sexuelle Abstinenz als ein besonderes Maß der Weihe abnahmen. So konnte er seine homophilen Neigungen vor ihnen verborgen halten. Ein wahrer Meister ließ sich eben nicht in die Karten schauen!

13.

Weihnachten wird auch in Spanien als ein großes christliches Familienfest begangen.

Die »Noche Buena«, die Heilige Nacht am 24. Dezember, wird mit einem fürstlichen Abendessen und einem Gang zur heiligen Messe gefeiert. Das »Turron«, welches aus gerösteten Mandeln, Zucker, Honig und Eiern hergestellt wird, durfte bei diesem opulenten Mahl niemals fehlen. Der Höhepunkt der spanischen Weihnacht fällt aber schon ins neue Jahr. Am 5. Januar ziehen die drei Weisen aus dem Morgenland in festlichen Umzügen durch die Städte, und am 6. Januar, am Dreikönigstag, *Dia de los Reyes Magos*, findet Weihnachten seinen feierlichen Abschluss. Dann wartet auf die Kinder die Bescherung. Diese Zeit der Freude und Besinnung hatte sich Gran Tinerfe für einen Schlag gegen das Christliche auf der Insel ausgesucht. Weil die Totenruhe den Christen so viel bedeutete, gehörte Grabschändung mit zu seinen Vorhaben. Dem Ganzen wollte er aber noch, passend zum Tag der Heiligen Drei Könige, die Krone aufsetzen: Mit den entweihten Überresten der Toten sollte ein teuflisches Mahnmal errichtet werden.

Die ersten beiden Aktionen dafür würden in Puerto de la Cruz und Candelaria stattfinden. Für den Aufbau einer »schwarze Krippe«, hatte er den Rathausplatz von Orotava vorgesehen.

Die Helfer dafür waren von ihm mit Bedacht zusammengestellt worden.

Bencomo, Anaterve, Bentor, Pelicar, Gueton und Chincanayro sollten die Grabschändung vornehmen. Gran Tinerfe hatte ein wenig gezögert, Bencomo für diese Arbeit auszuwählen. Aber letztlich hatte sein Pragmatismus gesiegt. Bencomo war einfach nach ihm der Stärkste in der Sekte, und sein neuer Vertrauter, Gueton, war zur Kontrolle an dessen Seite.

So blieb zu hoffen, dass Bencomo seinen Plan nicht durch Alleingänge gefährdete.

Acaymo, Atgu-Axona und Inmobach sollten in Candelaria eine Jesusfigur stehlen, die für die schwarze Krippe gebraucht wurde.

Beide Taten mussten in der Nacht vom 5. auf den 6. Januar erfolgen, und die Männer sollten sich nach erfolgreicher Tat gegen vier Uhr morgens in Orotava zum Aufbau der Krippe treffen.

Gran Tinerfe hatte den Ablauf immer wieder überdacht und keinen Denkfehler gefunden. Er war zuversichtlich, dass der Plan gelingen würde.

Mit dem Friedhof, den er ausgewählt hatte, hatte es eine besondere Bewandtnis. Bereits im 17. Jahrhundert war er in der Nähe des Castillo San Felipe angelegt worden und den vielen anglikanisch-christlichen Engländern vorbehalten. Man brauchte für sie eine besondere Ruhestätte, denn ihre Zahl hatte über die Jahre stetig zugenommen. Sie durften aber nach den Regeln ihrer Kirche nicht auf dem allgemeinen Friedhof bestattet werden. *La Chercha*, Churchyard, Friedhof, wurde deshalb der erste nichtkatholische Friedhof in Spanien.

Die Ruhestätte lag hinter einer hohen weißen Mauer, die unerwünschte Blicke abhielt. Schon das war Grund genug für Gran Tinerfes Auswahl. Die katholische Kirche hatte bis in die jüngste Zeit erreicht, dass *La Chercha* an der Eingangspforte nicht mit einem Kreuz versehen war. Dieser Umstand hatte für den Meister zusätzlich den Ausschlag gegeben. Seine Mitbrüder mussten bei ihrer Aktion nicht unter einem Kreuz hindurchgehen.

In Candelaria war zum zweiten Mal in den letzten Jahren ein Jesuskind aus der Krippe gestohlen worden.

Hier hatte sich Gran Tinerfe zur Nachahmungstat entschieden. Schon die Pressemeldung zum letzten Diebstahl hatte ihm gefallen: *Anscheinend waren die Hirten während der Tat gerade nicht bei ihrer Herde!*

Wer in der Nacht unentdeckt bleiben wollte, trug am besten Schwarz. Das war für die Teufelsjünger eine Leichtigkeit, waren ihre Kleiderschränke doch voll mit schwarzen Kleidungsstücken.

Bencomo hatte seinen Leuten die Anweisung gegeben, die Motorräder mindestens einen halben Kilometer vom Friedhof entfernt abzustellen und den restlichen Weg zu Fuß zu gehen. Für die Gebeine sollte jeder einen Rucksack dabeihaben, natürlich ebenfalls schwarz.

Sie hatten sich die Örtlichkeit vorher genau angeschaut und danach einen Detailplan erarbeitet. Die Friedhofsmauer wurde links und rechts von dem bogenförmigen Eingangstor etwas niedriger. Die Tür selbst war vergittert und mit einem Sicherheitsschloss versehen, welches über die Nacht verschlossen wurde. Anstatt das Schloss zu knacken, hatten sie beschlossen, über die niedrigen Mauerstücke einzusteigen. Wenn man sich gegenseitig half, ging das problemlos und schnell. Waren sie erst einmal auf der anderen Seite, war die Hälfte des Vorhabens bereits geschafft.

Bencomo war wieder als Erster vor Ort. Er hatte während des Fußwegs keine Menschenseele gesehen. Die Stadt schlief tief und fest und bereitete sich auf den morgigen Festabend vor. Er ging trotzdem den gesamten Weg eng an den Häuserwänden entlang, um möglichst unsichtbar zu bleiben. Hoffentlich verhielten sich die anderen genauso. Das haben wir nicht besprochen, warf er sich vor.

Alle erschienen pünktlich, und sie konnten sofort damit beginnen, die Mauer zu überwinden, denn der Platz vor dem Friedhof war menschenleer.

Mit einer Räuberleiter – dem anderen in die helfenden Hände treten, sich hochhangeln und hinüber – kamen sie schnell und ungesehen auf das Friedhofsgelände.

Bencomo hatte eine kleine Stablampe dabei, die machte er erst auf der anderen Seite der Mauer an, und damit orientierten sie sich zum Hauptweg hin.

Dort leuchtete er die erste Grabplatte an: *Mary Smith* 1931. Eine Frau, auch das Datum war okay.

»Diese Grabstätte übernimmst du, Gueton«, sagte er und ging mit den anderen weiter.

Draußen hörten sie einen Wagen vorbeifahren.

»Das war knapp.« Er grinste seine Männer an und sah auf den nächsten Grabstein.

»Hier ist Arbeit für dich, Anaterve, dort liegt ein Mann Jahrgang 1954«, bestimmte er und sah sich schon nach der nächsten geeigneten Ruhestätte um.

Ein Grab mit einer glänzenden Christusstatue machte ihn wütend, und er erklärte es zu ihrem nächsten Ziel.

Er trat die Statue mit einem harten Tritt vom Sockel und sagte: »Dieses Grab ist deins, Bentor, mach schnell, wir haben keine Zeit zu verlieren.«

Dann war er es, der eine Zeitverzögerung verursachte: Die Inschrift *John Devil* hatte es ihm angetan. Das Grab war zwar noch ganz frisch und deshalb nach den Vorgaben des Meisters nicht auszuwählen, aber der Name war zu passend, es sollte sein Grab werden!

Die restlichen Mitbrüder halfen ihm die Grabplatte zu öffnen und an die Seite zu stellen. Sie zogen den Sarg aus dem Fach. Schnell war der Sargdeckel geöffnet. Widerlicher Leichenduft strömte ihnen entgegen und verursachte Ekelgefühl.

Bencomo leuchtete den Leichnam mit dem Strahl seiner Taschenlampe an. Er bekam bestätigt, was er erst kürzlich in einem Vampirbuch über frisch Verstorbene gelesen hatte, und beschloss seine Männer mit seiner Kenntnis zu beeindrucken: »Seht ihr die langen Fingernägel?«, fragte er. »Es gibt doch Leben nach dem Tod, die Nägel wachsen noch«, setzte er mit einem Lacher hinzu.

Er wusste genau, dass in Wirklichkeit nur das Schrumpfen des Fleisches an den Fingerkuppen den Anschein erweckte, die Nägel seien noch weitergewachsen.

Der Strahl der Lampe ging hoch zum Kopf und sie sahen, dass Blut aus Mund und Nase getreten war. »Seht ihr, der blutet sogar noch!« In Wahrheit hatten Faulgase das Blut herausgetrieben.

Die größte Attraktion zelebrierte Bencomo zum Schluss. Der Oberkörper des Toten war stark angeschwollen. Er nahm einen Stock und trieb ihn in die gewölbte Brust. Dem Körper entfuhr ein Stöhnen, was seine Begleiter erschauern ließ. Bencomo wusste, dass es sich um das Geräusch entweichender Faulgase handelte.

Er musste aber letztlich einsehen, dass Gran Tinerfe recht behielt: Der kaum verrottete Leichnam war nicht geeignet, mitgenommen zu werden.

Nun mussten sie sich sputen, Ersatz zu finden. Aber die Bewunderung seiner Begleiter war das Schauspiel wert gewesen und rechtfertigte die Verzögerung allemal.

Die restlichen zwei Leichen wurden schnell ausgewählt und fanden ebenfalls ihren Weg in die Rucksäcke.

In Candelaria wurde die Aufgabe auch erfolgreich gelöst. Sie war einfacher, denn die Krippe stand frei und ungeschützt an der Seitenfront der Kathedrale.

Acaymo und Atgu-Axona standen Schmiere, Inmobach vereinnahmte das Jesuskind, das friedlich im Stroh lag. Drei geschickte Handgriffe waren nötig, und die Figur war in einem Jutesack verstaut. Sie verschwanden ungesehen, wie sie gekommen waren. Von ihnen verblieb nicht die Spur einer Spur!

In Orotava trafen alle wieder zusammen. Auf dem großen Rathausplatz, wo an Fronleichnam jährlich aus dem vielfarbigen Sand der *Caldera* eine gewaltige Tapisserie mit sakralen Motiven geschaffen wird, legten die Sektenbrüder ihre schaurigen Mitbringsel aus.

Die sterblichen Reste der Frau wurden als Maria drapiert; neben sie kam eine der männlichen Leichen als Joseph zu stehen. Dahinter fanden sich bald in trauter Verbundenheit Caspar, David und Melchior.

Vor den Leichenteilen lag »satanisch« gebettet auf einem schwarz eingefärbten Nagelbrett das kleine Jesuskind aus Candelaria. Quasi als Signatur hatten sie zuletzt eine erschlagene schwarze Katze und einen geköpften schwarzen Hahn davor zur letzten Ruhe gebettet.

Die Männer verschwanden nach erfolgreicher Tat, bevor die Stadt erwachte.

14.

Am Morgen wollte George Fox, der Vorsitzende des englischen Seniorenvereins *Asociación de Mayores ingléses* Blumen zu seinem Familiengrab bringen. Dabei entdeckte er die aufgebrochene Grabnische. Es handelte sich um die älteste Grabstätte des Friedhofs. Auch andere Gräber waren beschädigt. Fox informierte sofort die Guardia Civil. Als sie erschien, zählten die Beamten sechs geplünderte Gräber. Die Täter hatten die Grabstätten, die – wie auf den Kanaren üblich – aus Nischen in Betonwänden bestanden, geöffnet, die Grabtafeln unbeschädigt abgestellt, die Särge aufgehebelt und die Leichenreste entnommen.

Insgesamt sechs Tote waren in den Nischen zur letzten Ruhe gebettet gewesen, darunter der erst kürzlich bestattete Roland Devil. Ihre Überreste waren bis auf die von Devil verschwunden.

Die Übeltäter hatten sich nicht mit Grabschändung begnügt, sondern weitere Untaten verübt. Bei einem der Gräber war ein Christuskorpus vom Kreuz gerissen und auf dem Hauptweg des Friedhofs ausgelegt worden. Die Figur war dort in verwelkte Blumen gebettet und so dem Spott preisgegeben worden. Den Altar in der Friedhofskapelle hatten die Übeltäter abgefackelt und in das Weihwasserbecken, so wie es roch, hineinuriniert.

Vor dem kleinen Gotteshaus war ein Pentagramm auf den Boden geritzt.

Ramón Martin wurde zum Tatort gerufen und machte sich mit einem schlimmen Fluch auf den Lippen auf den Weg: »Der Teufel und alle, die an seinem schwarzen Schwanz hängen, können mir gestohlen bleiben!«

Er war sich sicher, dass wieder die Teufelssekte ihr Unwesen getrieben hatte.

Die schönen Momente über Silvester hatten ihn gerade etwas milder gestimmt, das verflog nun schnell. Es war ihm klar, dass die Kerle mit dem Tag der Heiligen Drei Könige absichtlich ein wichtiges christliches Fest ausgewählt hatten, um die Bevölkerung in Schock zu versetzen. Wahrscheinlich würde er nun nicht einmal daheim sein können, wenn Mercedes ihre Geschenke öffnete. Diesem Unwesen musste ein Ende gesetzt werden!

Der Bürgermeister war schon vor Ort, als Ramón eintraf, und gab der Presse mediengeil ein erstes Interview:

»Wir sind entsetzt über den Vorfall und davon überzeugt, dass es sich bei den Tätern nicht um Bürger unserer Gemeinde handelt. Es ist fürchterlich zu wissen, dass gerade die Ruhe unserer ausländischen Mitbürger auf so schändliche Weise gestört wurde.

Wer tut so etwas? Für mich liegt die Vermutung nahe, dass es sich nur um die Untat einer satanischen Sekte handeln kann. Sie trieben mit dem, was uns lieb ist, ihr Unwesen und führten mit den sterblichen Überresten einen ihrer skurrilen Kulte aus.

Oder waren es afrikanische Asylanten, die mit christlichem Knochenstaub ihren Voodoozauber vollführten?«

Er merkte, dass er etwas zu weit gegangen war, und korrigierte sich: *»Der Sachverhalt sollte zunächst konkret geklärt werden. Zu schnell werden sonst Vorurteile wach und Unschuldige in Misskredit gebracht. Ich muss zugeben, dass ich zu wenig über Rituale der Afrikaner mit menschlichen Überresten weiß. Man soll der Polizei die Aufklärung des Falles überlassen und besser nicht vorschnell urteilen. Das Ganze ist ein Spuk, aber ein ganz realer!«*

Manuel Zeto, Redakteur der Zeitschrift El DIA,

war verärgert. Erst hatte der Bürgermeister einen Luftballon dick aufgeblasen, um ihn dann wieder platzen zu lassen. Er würde es ihm heimzahlen und trotzdem über seine Äußerungen berichten.

Der Friedhof war gänzlich abgesperrt. Außer den Beamten war niemandem der Zutritt erlaubt. Es schien, als hielt der Ort der Trauer den Atem an.

Von 12:45 Uhr bis 16 Uhr dauerten die Untersuchungen. Während dieser Zeit blieb der Friedhof wie ausgestorben. Ramón hatte aber trotzdem das Gefühl, hunderte Augen beobachteten das Geschehen. Waren die Täter noch in der Nähe?

Die Nachforschungen wurden für ihn zu einem Kampf gegen die Uhr. Für 18 Uhr war im Hause Martin Bescherung angesetzt.

Ramón musste noch aufs Revier, um weitere Anweisungen zu geben und das Schandmal in Orotava begutachten. Die grausigen Spuren sollten wieder vom Platz entfernt werden.

Es zeichnete sich ab, dass er die glücklichen Augen von Mercedes beim Öffnen der Geschenke nicht zu sehen bekam.

Als er den Rathausplatz erreichte und das schreckliche Bildnis sah, schüttelte es ihn. Eine Alte kam ihm entgegen und erkannte ihn. Man nannte sie EL DIA. Sie galt als das größte Tratschweib der Stadt. Sie stürzte auf ihn zu. Das hatte ihm gerade noch gefehlt. Schnell drehte er sich auf dem Absatz um und eilte davon; er brauchte keine Kommentierungen. Das Gezeter der Alten wurde hinter ihm immer leiser.

Teresa sah ihn traurig an. »Da hast du etwas ganz besonders Schönes verpasst«, sagte sie. »Unsere Kleine hat sich wie eine Schneekönigin über ihre Geschenke gefreut.«

»Das glaube ich dir unbesehen, und du musst mir glauben, dass ich jeden Augenblick verflucht habe, den ich nicht bei euch war. Aber das Böse hat richtig zugeschlagen.«

Bald saßen sie zusammen, und Teresa hörte alle Einzelheiten. Sie beließ es nicht bei Zwischenfragen und Einwürfen, sondern hatte am Ende seines Berichts bereits alle Fakten sortiert und bewertet. Er bekam eine erste Expertise: »Grabschändung ist Vandalismus. Vandalismus ist eine gescheiterte, weil rein destruktive Form des Aggressionsabbaus. Grabschänder sind meist wenig erfolgreiche Menschen. Sie wollen der Allgemeinheit dafür heimzahlen. Das ist der wichtigste Antrieb für ihr Tun. Mit dem Friedhof hat der von uns gesuchte Sektenführer einen der letzten Bereiche ausgewählt, der in unserer pluralistischen Gesellschaft noch durch ein Tabu geschützt ist. Er wird nun in dem Glücksgefühl schwelgen, einen Großteil seiner Mitmenschen zutiefst schockiert zu haben, und nach weiteren Möglichkeiten für solche Taten suchen. Solche abgedrehten Menschen gibt es nicht zuhauf. Ein solcher Kerl muss sich finden lassen.«

»Ich werde dir mit all meiner Intuition zur Seite stehen«, sagte sie und umarmte ihren Mann.

Als der noch einen Blick in das Zimmer von Mercedes warf, schlief sie bereits fest.

15.

Erst hatte der Bürgermeister Emotionen geschürt und dann die Polizei in die Verantwortung genommen.

Der entstandene Druck nervte Ramón noch immer, als er die Kommission zusammenrief.

Als Teresa den Raum betrat, wurde er etwas ruhiger. Auch wenn sie noch keinen Erfolg gehabt hatten, war sie ihm bisher die kompetenteste Hilfe gewesen. Er forderte seine Leute auf, alle denkbaren Möglichkeiten aufzulisten, mit denen der Fall zu einem guten Ende geführt werden konnte.

»Lasst uns mit den Personen beginnen«, empfahl er.

»Da wäre Méndez«, begann Teresa nach dem Ausschlussverfahren. »Aus dem werde ich keine sachdienlichen Angaben mehr herausbekommen. Er hat bereitwillig alles gesagt, was er weiß.«

Ramón suchte im Kreise eine weitere Wortmeldung.

Teniente Morales kam auf die kleine süchtige Freundin des toten Espinosa zu sprechen: »Wir haben sie die ganze Zeit im Auge behalten, doch ein Erfolg blieb aus. Ich hatte mir versprochen, dass sie uns vielleicht zu den Rauschgiftquellen führt, aber sie kauft den versetzten Stoff von der Straße, bei den ‚Corner Boys' und hat wohl ohne Espinosa keinen Zugang zu der reinen Ware. Ich glaube, wir können ihre Beschattung abbrechen.«

»Da stimme ich dir zu, aber auf die Rauschgiftquelle müssen wir später noch zu sprechen kommen«, erwiderte Ramón und fragte nach weiteren Beiträgen.

Cabo Vidal erinnerte an den zu Tode gesprengten Motorradfahrer, dessen Identität immer noch nicht geklärt war: »Wir haben seine DNA durch alle internationalen Suchmaschinen gejagt, kein Eintrag! Auch alle

Vermisstenmeldungen der letzten Zeit wurden ausgewertet, *nada*, nichts! Der Kerl bleibt für uns ein Unbekannter in dem scheußlichen Spiel.«

»Könnte es Sinn machen, bei den bekannten Sektengruppierungen nochmals die Daumenschrauben anzuziehen?«, warf Teresa in die Runde.

»Die müssen wir auf jeden Fall im Auge behalten, aber wohl eher verdeckt«, meinte Ramón. »Nachdem sie in den Medien so angegriffen und zum Buhmann gemacht wurden, werden sie noch weniger zugänglich sein als bei unserer ersten Befragung. Wichtiger ist aber, dass wir feststellen konnten, dass keine der beiden Gruppen das Kennzeichen Amodis trägt. Wir suchen also eher nach einer unbekannten Sekte.«

»Dann kann also kein Druck helfen«, sagte Morales etwas sarkastisch. Er war erstaunt, diese Neuigkeit erst jetzt zu hören, aber vielleicht hatte der Teniente Coronel sie auch erst erfahren. Morales fragte lieber nicht nach und fuhr stattdessen fort: »Für mich bleibt noch der tote Engländer, John Devil. Die Grabschänder haben ihn aus seinem Grab geholt, ohne ihn für das Krippenspiel zu gebrauchen. Hatten sie vielleicht irgendeine Beziehung zu ihm oder seinen Angehörigen? War seine Grabschändung ein besonderer Racheakt?«

»Das können wir ausschließen, glaube ich«, erwiderte Teresa im Brustton der Überzeugung. »Den haben sie allein seines Namens wegen ausgewählt. Einen echten Teufel auszugraben war für sie ein Muss. Für ihre schwarze Krippe konnten sie seine Gebeine jedenfalls nicht gebrauchen.«

Keiner in der Runde widersprach.

»Summarisch lasst mich noch die Bekannten, Verwandten, Arbeitskollegen und Arbeitgeber der beiden Toten ansprechen«, meldete sich Ramón noch mal. »Hat jemand einen Vorschlag, wem davon wir noch auf den Zahn fühlen sollten?«

Beredtes Schweigen war auch eine Antwort.

»Dann lasst uns zu den Dingen kommen, die für den Fall wichtig und noch ungeklärt sind. Ich bitte um Meldungen.«

Teniente Morales ergriff das Wort: »Da ist das Rauschgift. Du hast selbst bereits angemerkt, dass wir darauf noch zu sprechen kommen müssen. Ich habe mich auf die Art von Teresa ein wenig kundig gemacht.« Er lächelte sie an. »Für Drogendelikte sind zu 84 % Männer zuständig. Auch für die Sekte wird ein Mann für die Beschaffung verantwortlich sein. Da der Beschaffer ein Mitglied sein dürfte, ist das gesetzt. 60 % der Drogenkriminellen auf der Insel sind spanische Staatsbürger, dann folgen Marokkaner vor Kolumbiern. Engländer und Deutsche, also die Mehrzahl unserer ausländischen Mitbürger, werden äußerst selten auffällig. Die Namen, die sich die Sektenmitglieder geben, sprechen dafür, dass wir es mit Spaniern zu tun haben. Auch der Drogenbeschaffer wird also Spanier sein.

Den größten Anteil an den Drogen nimmt Haschisch ein. Amphetamine, Ecstasy und sonstiges Speed haben die am stärksten wachsende Nachfrage. Auf die Insel kommt das Zeug immer noch überwiegend per Schiff, seltener per Flugzeug. Das Rauschgiftdezernat ist stark im Hafen von Santa Cruz präsent. Die Beamten haben unsere Belange mit unter ihre Fittiche genommen. Die Chancen stehen nicht schlecht, etwas in Erfahrung zu bringen. Die Zahl ihrer bisherigen Festnahmen ist jedenfalls beeindruckend. Sie haben einen Mann in die Szene geschleust und Kontakt zu einem wichtigen Insider.«

»Du arbeitest sehr vorausschauend, gute Arbeit«, lobte ihn Ramón. »Auf jeden Fall müssen wir schnellstens das Haus der Sekte finden«, sprach er den nächsten wichtigen Punkt an. »Ich verspreche mir davon, dass wir dort auf einen Haufen Fingerabdrücke stoßen, natürlich auch auf DNA-Spuren, die zu denen an den Tatorten passen. Möglicherweise finden wir dort eine Mitgliederkartei mit Adressenangaben, die uns weiterhilft. Bisher hat Cabo Vidal für uns die Nachforschungen durchgeführt, wir sollten ihn dazu hören.«

Vidal räusperte sich nervös und begann stockend: »Nun, Chef, ich habe mich genau an die Vorgaben gehalten. Für Nachforschung und Befragungen habe ich einen ziemlich breiten Gebietsstreifen auf der Höhe von Pinolere ausgewählt, und zwar von La Victoria bis Los Realejos. Ich bin überwiegend mit dem Motorrad unterwegs gewesen, um auch Wege befahren zu können, die für Pkws verboten oder unmöglich sind.

Mein Augenmerk galt im Besonderen alleinstehenden Gebäuden. Außerdem habe ich unzählige Leute befragt, ob sie in ihrer Gegend Ansammlungen von Motorbikern beobachtet hätten.

Beim ersten Ja war ich voller Erwartung, aber alle Schilderungen betrafen nur Gruppen, die mit Crossrädern oder auch Quadros die Feldwege für Wettrennen nutzten.

Viele der Befragten sagten aus, sie würden den Lärm gar nicht mehr hören, weil die Jugendlichen mit ihrem Geknatter dort oben schon zur Gewohnheit geworden seien.«

»Ich danke dir, Juan, du hast engagiert gearbeitet, und dich trifft an dem bisherigen Misserfolg keine Schuld«, lobte Ramón seinen jungen Mitarbeiter. »Ich möchte euch nun alle nochmals fragen, wo wir nachhaken könnten.«

Teresa stellte ihre IT-Erfahrung heraus: »Ich gehe davon aus, dass die gesamte Gegend von Google Earth gefilmt ist und uns im Internet zur Verfügung steht. Dieses Bildmaterial müssen wir unbedingt auswerten.«

»Brillant, dein Vorschlag ist bei weitem besser als meiner. Ich wollte nämlich die täglichen Überflüge der Polizeihubschrauber für eine Erforschung der Region nutzen«, meinte Ramón.

»Man kann ja das eine tun, ohne das andere zu lassen«, erwiderte Teresa.

»Ich würde auch mit der Post kooperieren«, empfahl Teniente Morales. »Die Briefboten sollten beim Austragen der Post darauf achten, an welchen Anwesen sie immer wieder vorbeikommen, ohne dass sie dafür Zustellungen haben. Schließlich können wir davon ausgehen, dass das Haus nicht bewohnt ist und damit auch kaum als Postadresse dient.«

»Auch das ist eine gute Idee«, ermunterte ihn Ramón, entsprechend weiterzuermitteln. »Aber die Orte, an denen die Postboten gar nicht vorbeikommen, können wir nur mit den anderen zwei Methoden finden.«

Ana fühlte sich mit dem Posten der Protokollantin nicht ausgelastet und ließ ihrer Fantasie ebenfalls freien Lauf: »Cabo Vidal hat deutlich gemacht, dass die Anwohner Motorradfahrer überhaupt nicht mehr registrieren. Wir müssen sie vielleicht etwas sensibilisieren. Ich denke an Lautsprecherhinweise oder auch Meldungen in der Presse und im Radio.«

Teresa strahlte die zweite Frau im Raum an: »Bravo, Ana, dein Vorschlag ist pragmatisch gut und zielführend. Wenn du hier im Innendienst nicht so unentbehrlich wärst, gehörtest du unbedingt in die Ermittlung.« Ana gab das Strahlen herzlich zurück.

Das Hin und Her ihrer Debatte hatte bald ein Ende. Die Ideen gingen aus, und Ramón forderte alle auf, wieder engagiert an die Arbeit zu gehen.

16.

Die Aktionen der Satansjünger lösten also umfangreiche Maßnahmen der Polizei aus. Besonders akribisch wurde nach dem Sektenhaus gesucht. Gran Tinerfe machten die Aufrufe in Funk und Fernsehen genauso Sorgen wie die Meldungen in den Zeitungen.

Der erste Teilerfolg kam von Teniente Morales und betraf das Rauschgift. Es gab Neuigkeiten vom Rauschgiftdezernat. Die Männer hatten den Stoff, der bei den Sektenmitgliedern gefunden worden war, zuordnen können. Dieses Rauschgift kam wöchentlich aus Marokko. Transportiert wurde es mit der MS Marrakesch, einem schon in die Jahre gekommenen Schiff. Ein Teil der Lieferung ging an einen festen Abnehmer, der unter dem Decknamen Gran Tinerfe auftrat. Der Name wies klar zur Sekte hin.

»Dann können wir an dieser Stelle die Falle zuschnappen lassen und kommen endlich an die Sekte ran«, unterbrach Ramón die Schilderung.

»Das geht leider nicht, denn ich habe noch eine schlechte Nachricht. Alle Informationen stammten von einem muslimischen Kriminellen, dem man Straffreiheit versprochen hatte. Der hat sich allerdings lange Zeit gesträubt, Polizeischutz anzunehmen und als Zeuge auszusagen. Zu lange, wie wir nun wissen. Gestern wurde er im Hafenbecken ermordet aufgefunden. Wahrscheinlich ist man ihm auf die Spur gekommen und hat ihn liquidiert. Vorher wurde er gefoltert, er hatte schwere Wunden, Prellungen und Knochenbrüche. Mit einem Hammer hat man ihm Hände, Arme und Knie zertrümmert. So ist er nun eine Abschreckung für jeden, der bereit ist, mit uns zu kooperieren. Wir wissen zwar, wie der Stoff auf die Insel kam, doch das ist Vergangenheit. Der vermeintlich aussichtsreiche Weg wird uns nicht mehr zu Gran Tinerfe und der Sekte führen. Die Händler werden die Drogen nun bestimmt auf andere Weise einführen.«

Teresa meldete sich als Erste: »Es ist traurig, dass die Einwanderer unserer Polizei und Justiz immer noch so sehr misstrauen und sich lieber unter den Schutz ihrer Familien und ihrer Imame begeben. Schuld daran ist unsere schlechte Integrationspolitik.«

Ramón fühlte sich, als hätten ihn alle Fertigkeiten, die er als Polizist über die Jahre erlernt hatte, verlassen. Er konnte nur schwer gegen die Verzweiflung ankämpfen, die in ihm aufstieg. Sein Ohrensausen setzte wieder ein. Wie konnten sie nur endlich einen Durchbruch erzielen?

Gran Tinerfe befürchtete, dass ihr Haus bald entdeckt würde. Sie mussten es in naher Zukunft räumen. Doch zuvor wollte er sich dort noch einmal mit den Mitgliedern zu einer schwarzen Messe treffen. Bencomo sollte endlich bestraft werden. Zu seinen Ungehorsamkeiten war nun auch noch die unnötige Grabschändung von John Devil hinzugekommen. Sie hatte für besondere Aufregung in den Medien gesorgt.

Der Meister wählte Inmobach und Gueton zu seinen Helfershelfern. Über E-Mail-Stafette wurden Termin und Uhrzeit für die Messe festgelegt. Er und seine zwei Günstlinge begannen noch am gleichen Tag mit den Vorbereitungen. Der Versammlungsraum wurde wieder in festlichem Schwarz hergerichtet. Ein schwarzes Samtkissen auf dem Altartisch zeigte, wo das weibliche Opfer liegen sollte.

Gueton bekam die Aufgabe, Molina Barreto, die Freundin Bencomos, für die Messe herbeizuholen.

»Trag deinen Motorradhelm geschlossen, und sieh zu, dass sie dich nicht erkennt. Macht sie mit K.-o.-Tropfen oder Amphetaminen gefügig. Sag keinem, wer die Frau bei der Messe sein wird«, schwor Gran Tinerfe seinen Adlaten ein. »Das Stillschweigen gilt natürlich auch für dich«, wandte er sich an Inmobach. »Und wenn ihr Molina Barreto für die Zeremonie hereinführt, lasst sie bitte die Seidenhaube tragen, damit sie niemand erkennen kann.« Seine beiden Gehilfen versprachen, die Befehle zu befolgen.

Gueton fuhr gegen 18 Uhr zum Supermarkt und wartete darauf, dass Molina herauskam. Sie war überpünktlich und kam als eine der Ersten. Gueton warf sein Motorrad an und näherte sich ihr im Schritttempo. Aus dem verschlossenen Visier sprach er sie freundlich an: »Hallo Molina, Castro González schickt mich, um dich zu holen. Wir feiern heute eine große Party, und du sollst unbedingt dabei sein.«

Überrascht drehte sich die junge Frau um. Als sie einen Motorradfahrer sah, der im Outfit ihrem Freund stark ähnelte, ging ein Strahlen über ihr Gesicht, und voll Freude antwortete sie: »Prima, warte nur einen Moment, dann komme ich mit.« Sie öffnete ihre Handtasche, zog vor dem kleinen Taschenspiegel ein Schnütchen und betupfte mit ihrem Lippenstift die Lippen. Schließlich wollte sie González gefallen. Ein kurzes Besprühen mit Parfüm, und sie war bereit.

Gueton nutzte die Wartepause. Er griff in seine Jackentasche und holte einige Amphetaminperlen hervor. »Hier, nimm die, mit einem schönen Gruß von González, die sollen dich in Stimmung bringen«, erklärte er und hielt sie ihr hin.

Molina lachte und griff zu, um sich zu bedienen. Sie vertraute ihrem Freund.

Nun holte Gueton einen zweiten Helm und einen Ledergürtel mit Karabinerhaken hervor. Er hieß sie aufsitzen und sich mit dem Haken bei ihm einzuklinken. »Zu deiner Sicherheit«, sagte er, und schon waren sie unterwegs.

Bereits nach wenigen Minuten merkte er, dass die Pillen wirkten. Er hörte im Mikrofon seines Helms Gekicher und verschwommenes Lallen. Molinas Körper schmiegte sich abwechselnd fest an seinen Rücken oder taumelte weg. Bald wurde sie nur noch durch den Karabinerhaken gehalten. Sie träumte berauscht. Er war zufrieden mit seiner Arbeit, Molina würde keine Schwierigkeiten machen.

Als das Geräusch seines Motorrads zu hören war, waren alle im Haus bereits versammelt. Gran Tinerfe ließ sie in Andacht verweilen, winkte Inmobach zu sich und trat mit ihm vor die Tür.

Bencomo registrierte das mit Ärger: Jetzt wurden ihm schon die jüngsten Mitglieder vorgezogen! Dass Inmobach unter den Auserwählten war, verstärkte seinen Verdacht, zwischen ihm und Gran Tinerfe gebe es ein besonderes Verhältnis. Er beschloss die Augen offen zu halten. Alles, was er gegen Gran Tinerfe in die Hände bekam, konnte zu seinem eigenen Schutz wichtig werden. Dass der Meister ihn auf dem Kieker hatte, war jedenfalls klar.

Gueton hatte Molina vom Sattel geholfen und den Gürtel gelöst. Sie hing benommen in seinem rechten Arm und hatte ein seliges Grinsen auf ihrem Gesicht.

Als Gran Tinerfe das sah, schien ein wölfisches Lächeln auf, und er murmelte zu Gueton hin: »Gute Arbeit!«

Dann wandte er sich mit weiteren Befehlen an seine beiden Helfer: »Geht mit ihr in den Nebenraum. Zieht sie aus und bekleidet sie mit dem schwarzen Opfergewand. Wenn ihr hereingerufen werdet, muss sie die schwarze Seidenhaube tragen. Denkt daran! Sollte ihr das Gefühl haben, dass die Wirkung der Pillen nachlässt, zerdrückt für sie einige Tranquilizer im Mörser und mischt sie mit heißem Tee aus der Thermoskanne.«

Die beiden nickten beflissen, und der Meister befahl ihnen, im Nebenraum auf sein Zeichen zu warten.

Er trat zurück ins Freie und wartete vor der Tür zum Festsaal. Er stand dort, bis der von ihm programmierte Glockenschlag über die Lautsprecherboxen seinen Einmarsch ankündigte. Er senkte seinen Kopf und schloss die Augen, setzte seinen gesamten Körper unter Spannung und drückte seine Arme gegen die Brust. So fand er die Konzentration, die er vor dem großen Auftritt brauchte. In seinem Inneren verspürte er, dass er bereit war. Worte füllten seinen Kopf, rumorten und wollten hinaus. Der Glockenschlag ertönte, und er trat ein. Neben der Tür drückte er die Taste seines Laptops und düstere Musik untermalte seine nächsten Handlungen. Er setzte seine Maske auf und eine Mütze mit zwei Hörnern, die seine Nähe zu Satan symbolisierte. Er schritt feierlich zum Altar, ging gemessenen Schrittes die Stufen hinauf und beugte seine Knie vor dem Abbild Satans. Auf dem Tisch befanden sich neben dem Samtkissen ein siebenarmiger Kerzenleuchter, eine Messingschale mit Räucherwerk, ein altes Buch, ein Messer und eine aus einer katholischen Kirche gestohlene Hostie. Er nahm die Hostie an sich, schritt rückwärts die Stiegen hinab und eröffnete in monotonem Singsang die Messe:

»Meister dieser Welt, der du austeilst die Wohltaten allen Lasters, Herr aller Sünden und des ewigen Bösen, Satan, dich verehren wir!
 Du gibst uns die weibliche Scham fürs Vergessen genauso wie für schöne Erinnerungen.
 Du weckst der Weiber Lust und füllst ihre Bäuche mit Kindern der Dunkelheit.
 Als getreue Diener flehen wir dich an, hilf uns bei unseren Missetaten, verjage christlichen Ruhm, Reichtum und Macht!
 Nun lass mich Christ beschwören, damit unsere Gemeinde seinen Leib in Form der Hostie beschimpfen kann zu deiner Lobpreisung, oh Herr und Satan!« ...

Ein lautes »Amen« aller Mitglieder unterbrach die Monotonie seines Redeflusses. Er hob derweilen die Hostie triumphierend empor und zeigte auf sie.
 Dann warf er sie zu Boden und zertrat sie.

Die Mitglieder hatten sich an den Drogen bedient, und die zeigten nun Wirkung. Einige von ihnen wälzten sich auf dem Boden und ruderten mit den Füßen durch die Luft.
 Andere glucksten mit geweiteten Pupillen und wiegten traumverloren ihren Körper.
 Gran Tinerfe entzündete die Messingschale mit Weihrauch. Schnell verteilte sich das würzige Aroma im Saal. Er nahm eine kleine Klingel in seine Rechte und ließ sie ertönen.
 Inmobach trat fast schüchtern in den dunstgeschwängerten Raum. Mit einer Verbeugung reichte er dem Meister den Käfig mit der schwarzen Katze. Gran Tinerfe schritt damit zum Altar, setzte ihn ab und nahm das schmale lange Opfermesser zur Hand. Er hatte sich angewöhnt, diese

geschmeidigen Tiere im Käfig zu töten. Er durfte sich nicht den Fehler erlauben, dass eines entkam.

Die Katze ahnte Böses, buckelte und fauchte vernehmlich in die eingetretene Stille. Ihr kleines Gefängnis ließ ihr wenig Raum, dem Messer auszuweichen.

Gran Tinerfe widmete sich nun selbstsicher dem Akt der Opferung. Er schob die Klinge durch die Stäbe, zielte dorthin, wo er bei der Kreatur das Herz vermutete, und stieß kräftig zu.

Ein klagender Schrei des getroffenen Tiers ging schnell in ein Beben des schwarzen Körpers über, und dann trat Ruhe ein. Der Meister hatte gut getroffen, das Tier verendete, ohne dass ein weiterer Stich notwendig wurde. Wie ein Torero genoss er die Bewunderung seiner Anhänger.

Die hielt vor, solange aus dem Kadaver der rote Lebenssaft auf den Käfigboden sickerte, und bekam nach seiner Regie schnell neue Nahrung. Als sich genügend Blut für seine Zwecke angesammelt hatte, hob er den Käfig am Griff über seinen Kopf und ließ ihn in schnellen Wirbeln über dem Altar kreisen. Das Blut spritzte auf die schwarze Decke, die Opfergeräte und besudelte die Wände. Die Jünger stöhnten vor Lust auf.

Auf erneutes Klingeln brachte Gueton das schwarze Huhn herein. Dieses Mal öffnete der Meister den Käfig, packte das Tier um den Hals und zog es heraus.

Der Druck seiner Hand war so fest, dass es keinen Laut von sich gab, aber seine Füße scharrten wie wild in der Luft.

Alle sprachen gemeinsam ein Satansgebet, sie empfahlen das Opfer ihrem Herrn.

Gran Tinerfe verlas zur Bekräftigung eine Formel, die niemand außer ihm verstand. Er reckte den Leib des Tieres und die Sektenbrüder verspotteten dabei den Sohn des Christengottes mit einem rückwärts gesprochenen Satz: »*Thes, red Biel Itsirhc.*« – Seht, der Leib Christi.

Gran Tinerfe reinigte die inzwischen ausgebrannte Weihrauchschale und schächtete das Huhn über ihr. Als es ausgeblutet war, legte er es zu Boden und nippte tapfer an dem frischen Blut.

Wieder ging ein Stöhnen durch die Reihen. Der Meister wand sich zufrieden der Satansstatue zu und küsste mit seinem blutigen Mund deren nacktes Hinterteil.

Die Stimmung im Saal nahm orgiastische Ausmaße an.

Gran Tinerfe führte die Zeremonie zu einem weiteren Höhepunkt. Er hob den Kadaver hoch und schleuderte ihn durch die Luft. Als das Blut auf die Wände traf, entstand ein Schleudermuster. Weil der Meister mit dem Huhn zunächst einen Luftschlag ausgeführt hatte und beim Rückschwung für einen zweiten Schlag die Richtung änderte, warf das Blut ein besonders filigranes Bild an die Wand. Es entstand eine geschwungene Linie aus winzigen Spritzern.

Die Musik hatte inzwischen an Lautstärke zugenommen und brach plötzlich mit großem Getöse ab. Es herrschte Totenstille im Raum.

Gran Tinerfe kostete diese Ruhe einen Moment aus, dann ließ er wieder die Glocke ertönen.

Seine beiden Helfer flößten Molina draußen den warmen Trank ein. »Die Betäubung zeigt ihre Wirkung«, meinte Gueton. Als hätte er nur auf das Läuten gewartet, trat er in den Raum und trug Molina vorsichtig auf seinen Armen. Mit ihr schritt er bis an den Tisch und legte sie sanft auf das Samtkissen. Molina ließ es willfährig geschehen. Sie bewegte sich nicht. Ihr Gesicht war unter der Haube nicht zu erkennen.

Gueton und Inmobach gesellten sich nach getaner Arbeit stumm zu den anderen.

Gran Tinerfe schlug fortwährend umgedrehte Kreuze in die Luft und flüsterte unverständliche Worte in alle vier Ecken des Raums. Dann trat er zu der Liegenden.

Behutsam nahm er einen Schluck aus einer grünen Korbflasche, hielt eine Kerze aus dem Leuchter vor seinen Mund und blies mit der brennbaren Flüssigkeit eine Feuerfontäne bogenförmig über ihre Haube. Zufrieden registrierte er, dass sie nicht zuckte, sondern alles geschehen ließ. Mit theatralischer Gestik lupfte er ihren schwarzen Kittel bis zum Bauchnabel an. Ein perfekter junger Frauenunterleib kam zum Vorschein. Die meisten Männer reagierten sofort mit Erregung.

Gran Tinerfe spreizte ihre Beine. Molina träumte in einem fernen bunten Himmel. Ihr Geschlecht bot sich den gierenden Männeraugen ungeschützt dar.

Gran Tinerfe rief Inmobach an seine Seite: »Du hältst mir das Buch, damit ich die Wollust unserer Brüder mit frommen Gebeten unterstützen kann.« In Wahrheit wollte er ihm die kommende Zeremonie ersparen.

Bencomo ahnte als Einziger dieses Vorhaben. Zwischen den beiden war wirklich etwas!

Gran Tinerfe führte ungerührt weiter Regie: »Bedient euch an ihr, einer nach dem anderen nach der Dauer eurer Zugehörigkeit zu unserem Bund.«

Ohne Zögern begannen sie mit der Begattung.

»Stoßt zu, wie die Hörner und der Schwanz, die Satan gewachsen sind!«, rezitierte der Meister. Die Älteren kannten das Spiel und genügten sich mit wenigen Stößen, ohne sich zu ergießen. Bencomo verhielt sich ebenso. Er erkannte seine Freundin nicht.

»All unser Tun ruht in Satan!«

Die Jüngeren nahmen, was ihnen geboten wurde, auch wenn die Frau ihnen nicht mithalf, Erfüllung zu finden. Molina zeigte nur schwache Reaktionen. Ihr Kopf baumelte hin und her, immer wieder entfuhr ihr ein Stöhnen. Bei besonders brutalen Stößen schlossen sich ihre zierlichen Hände zu Fäusten.

»Satan erfülle uns mit deiner Botschaft und mache uns zu Wesen deines Geistes.«

Als alle den Dienst vollbracht hatten, atmete Gran Tinerfe auf und beendete das Opfer. Er ließ die Mitglieder erneut zurück und ging mit seinen beiden Helfern und Molina vor die Tür. »Gueton, zieh ihr wieder ihre eigenen Kleider an. Dann bringst du sie weg. Setz sie in genügender Entfernung von unserem Haus an der Landstraße aus. Lass dich dabei nicht sehen. Sie wird bald zu sich kommen und nichts davon wissen, was ihr geschah. Satan wird unser Tun schützen«, flüsterte er.

Wieder zurück im Raum schlug er ein umgekehrtes Kreuz in die Luft und kam auf den wichtigsten Punkt zu sprechen: »Unsere Feinde sind uns auf den Fersen. Es ist eine Frage der Zeit, bis sie das Haus entdecken.

Wir können uns vorerst hier nicht mehr treffen. Wir müssen unser Haus wieder in eine Lagerhalle zurückverwandeln. Bencomo, du kennst die verborgene Höhle im Wald, wohin wir unsere Statue und alle anderen Gegenstände in Notfällen bringen wollen. Such dir Helfer aus und tu dies.« Er wandte sich an seinen Rivalen, als herrschte zwischen ihnen bestes Einvernehmen.

»Die anderen reinigen das Haus von allen Spuren. Seid gründlich! Schlagt ruhig einige Scheiben ein, damit es verlassen und unbewohnt wirkt. Ich werde für eure Umsicht beten.«

Die anerzogene Disziplin der Sektenbrüder sorgte für einen reibungslosen Ablauf, den der Meister gar nicht abwartete. Er fuhr nach Hause.

Da saß er und genoss seine Rache, von der Bencomo noch gar nichts wusste.

Eine Durchsage im Radio ließ ihn aufmerken. Die Bevölkerung auf der Berghöhe oberhalb Orotavas wurde aufgefordert, Motorradfahrer zu melden, die Feldwege benutzten und sich dort trafen. »Es geht um die Aufklärung eines Mordfalls«, sagte der Reporter mit gewichtiger Stimme.

Ich habe alles richtig gemacht, lobte sich der Meister und nahm einen Mund voll Rotwein.

Gueton hatte Molina hinter sich auf den Rücksitz gesetzt und eingeklinkt. Sie döste, wurde aber schon ein bisschen unruhig. Sie sah struppig aus. Die beiden Männer hatten sie schlampig angekleidet. »Lieber ausziehen als anziehen«, hatte Gueton zu Inmobach gesagt. Er gab Gas, denn er wollte die Kleine loswerden, bevor sie zu sich kam. Es dunkelte bereits, und er traf auf niemanden.

Nach gut zehn Minuten erreichte er die asphaltierte Landstraße, die nach Puerto führte. Er schnallte Molina ab und setzte sie mit dem Rücken an den Hang des Straßengrabens. Vorsichtig drehte er sein Motorrad von ihr fort. Er wollte keine Spuren hinterlassen. Erst gut hundert Meter von der Stelle entfernt saß er auf und machte sich auf den Heimweg.

17.

Molinas Bewusstsein war zurückgekehrt. Aber es war nur nach vorn gerichtet. Für die zurückliegenden Stunden fehlte ihr die Erinnerung. Von ihnen existierte nur ein dumpfer Schmerz. Sie merkte, dass sie bis auf die Knochen nass war. Es hatte in der warmen, für die Insel typischen Art zu regnen begonnen. Sie taumelte wie ein programmierter Automat die schmale Landstraße hinunter.

Der *Guagua* war auf abschüssiger Straße auf dem Weg nach Puerto. Als sich der Bus einer der vielen Haarnadelkurven näherte, musste er abgebremst werden. Der Fahrer, der diese Strecke fast mit geschlossenen Augen kannte, drosselte das Tempo und fädelte ein.

Diego Garavito war in die Bremsen gestiegen, als er zu seiner Linken die junge Frau gesehen hatte. Sie schwankte immer wieder in die Fahrbahn, und er wusste sofort, dass sie Hilfe brauchte.

Er vergaß nicht die gebotene Fürsorge für seine Insassen: Er holte ein Warndreieck hervor, hielt es einem Fahrgast in der ersten Reihe hin, den er gut kannte, und sagte: »He Pablo, stellt das gut zwanzig Meter vor der Kurve auf, damit niemand in uns hineinrauscht.« Erst dann stieg er aus und ging zu der Frau. »Was ist mit Ihnen, kann ich Ihnen helfen?«

Sie schaute ihn verwirrt an und bebte am ganzen Körper. Sie zog ein so verzweifeltes Gesicht, als ob sie persönlich für das Scheitern der Welt verantwortlich wäre. Diego wiederholte seine Frage. Er sprach leise, um sie nicht zu erschrecken. Er versuchte mitfühlend zu klingen. Das sollte sie zu einer Antwort ermuntern. Molinas Mund öffnete sich dann auch, und Diego glaubte, mehrfach den Hauch eines Wortes zu hören. Es klang wie »Satan«. Dann versank die Frau wieder in Schweigen und torkelte einfach weiter.

Als er sie noch einmal ansprach, kamen ihr Tränen. Spätestens jetzt war dem Fahrer klar, dass sie professionelle Hilfe brauchte.

Er nahm sie vorsichtig am Arm und führte sie zum Bus. Mit Mühe brachte er sie die Stufen hinauf und legte sie in der zweiten Reihe über zwei Sitze. Weil sie immer noch fürchterlich zitterte, holte er aus der Heckklappe eine Decke und deckte sie zu. Erst nachdem er sie versorgt hatte, griff er nach dem Mobiltelefon und wählte die Nummer des Notarztes. Er schilderte die Lage präzis, ganz wie er es in der Ausbildung gelernt hatte.

Ein Krankenwagen würde ihm entgegenkommen und ihn in La Paz in der Parktasche vor dem Einkaufscenter La Cupula erwarten. Seine Gesprächspartnerin versprach, auch die Polizei zu informieren und ebenfalls dorthin zu bestellen.

Diego Garavito fühlte sich erleichtert, als diese wichtigen Verabredungen getroffen waren. Er bat Pablo, das Warnschild wieder von der Straße zu holen, dann warf er den Motor an und fuhr zielstrebig Richtung La Paz.

Dass die Notrufzentrale ihre Arbeit getan hatte, sah er schon von weitem. Als er den Hang hinunter auf die Parktaschen zufuhr, leuchteten ihm die Blaulichter der Polizei und der Ambulanz entgegen.

Diego verließ seinen üblichen Fahrweg, fuhr auf den Parkplatz und stoppte. Den Passagieren bot er über das Mikrofon an, auszusteigen und mit dem nächsten Bus weiterzufahren.

Zwei Polizeibeamte, zwei Sanitäter und ein Arzt kamen ihm mit eiligen Schritten entgegen. Schnell entschieden sie, Molina müsse zur Untersuchung in das *Centro Salud*, das Krankenhaus, gebracht werden.

Molina wurde in eine Thermodecke gewickelt, auf eine Bahre gelegt und in den Ambulanzwagen geschoben. Dann ging die Fahrt ab.

Die Polizeibeamten nahmen sich Zeit mit dem Busfahrer. Sie ließen sich den Vorgang genau schildern und protokollierten ihn. Als sie hörten, die junge Frau habe etwas von Satan gestammelt, wurden sie hellhörig. Einem jeden von ihnen war die Fahndung nach der Satanssekte präsent. Sie informierten das Revier am Hafen, und Ramón Martin wurde benachrichtigt.

Mit hektischen Aktionen war keinem geholfen. Die Frau war nicht ansprechbar, und ihre Untersuchungen würden bis zum späten Vormittag des nächsten Tages dauern. In den Fall kam trotzdem Bewegung.

Zuhause mutmaßte Ramón mit Teresa weiter über die Satanssekte.
»Es spricht vieles dafür, dass die Frau ein Opfer dieser Gemeinschaft geworden ist«, sagte sie. »Irgendjemand denkt sich da teuflische Dinge aus.«
»Ja, und dieser Kerl hat eine Schraube locker und weiß es perfekt zu verbergen«, erwiderte Ramón wütend. »Dir würde natürlich schon ein Blick in seine Augen genügen, um ihn richtig einzuschätzen«, setzte er hinzu und lächelte Teresa an. »Wenn es nur eine Möglichkeit gäbe, in seinen Kopf zu schauen, sein Gehirn zu durchforsten und seine Gedanken zu lesen! Ich bin sicher, wir hätten ihn schnell enttarnt«, ergänzte er.
»Selbst dann bliebe der Rest eine Sisyphusarbeit«, wiegelte sie ab.
Sie traten auf die Terrasse, um Luft zu schnappen.
Ein Kanarienvogel saß auf dem Zweig eines Obstbaumes und schmetterte sein Lied mit mächtigen Tönen aus der zarten Brust in den dunkelblauen Himmel. Für einen Moment verflogen Ramóns düstere Gedanken, doch dann fiel ihm eine traurige Geschichte ein, die er erst kürzlich gelesen hatte, und er erzählte sie seiner Frau:
»Selbst diese wunderbaren Tiere haben wir Menschen zweckentfremdet. Man hat sie in Kohlenminen vor sich hergetragen. Sie reagieren schnell auf austretende Gase. Wenn sie von der Stange fielen, war es für die Bergleute noch früh genug, vor dem unsichtbaren Gift die Flucht zu ergreifen.«
Teresa schaute ihn entsetzt an. Manchmal waren ihr seine Gedankengänge unheimlich. »Lass uns für heute Schluss machen, wir können die Welt nicht allein verbessern. Lass uns schlafen gehen«, flüsterte sie und biss ihm zärtlich ins Ohr.
»Halten wir es wie Mercedes«, brummte er zustimmend.
Viel früher als gewöhnlich zogen sie sich in ihr Schlafzimmer zurück. Dort fanden sie aneinander nicht nur Vergessen.

Bevor die allgemeine Nachtruhe einsetzte, hatte Molina schon einige Untersuchungen hinter sich. Sie war dabei völlig apathisch geblieben und nicht ansprechbar. Ein Blick in ihre Augen hatte bei der Ärztin die Vermutung genährt, dass sie unter Medikamenten oder Drogen stand.

Molina wurde Blut abgenommen und zur Analyse gegeben. Mit einem Digitalthermometer wurde ihr im Ohr die Temperatur gemessen. Sie hatte kein Fieber. Eine Schwester entkleidete sie, und die Ärztin betrachtete und betastete ihren Körper.

Molina reagierte auf den Druck ihrer Hände mit keinem Schmerzenslaut. Es fanden sich auch keine Spuren von Verletzungen. Das änderte sich erst, als die Ärztin Molinas Schenkel spreizte. Der ganze Bereich der inneren Oberschenkel bis zur Scham hin war gerötet und strapaziert. Die Scham zeigte an den Lippen wunde, geschundene Stellen und war klebrig nass.

Alle Merkmale sprachen dafür, dass sie mit einer Person, eher mit mehreren, Geschlechtsverkehr gehabt hatte.

Die Medizinerin fand keine Anzeichen von Gegenwehr. Handelte es sich um einvernehmlichen Sex, oder war die Patientin vorher betäubt worden? Die Ärztin ging von Letzterem aus, nahm Abstriche vom Ausfluss und gab sie ebenfalls zur Analyse.

Die wunden Stellen wurden versorgt, und sie verabreichte der Patientin ein Schlafmittel, damit sie die Nacht durchschlafen konnte. Für den nächsten Vormittag wurde sie für Ultraschall und Röntgen angemeldet.

Inzwischen lag ein Ersuchen der Polizei vor, möglichst bald durch einen ärztlichen Bericht informiert zu werden. Man vermutete zu Recht eine Straftat.

Ultraschall und Röntgen brachten keine neuen Erkenntnisse. Die Analyseergebnisse von Blut und Ausfluss bestätigten die Vermutungen der Ärztin. Ihre Patientin hatte Drogen zu sich genommen. Sie hatte das noch nicht sehr oft getan. Vielleicht hatte man sie ihr aufgezwungen. Ihr andauerndes Schweigen, auch nachdem sie das Bewusstsein wiedererlangt hatte, war nicht mit einer Überaktivierung der Rezeptoren im Hirn zu erklären, sondern eher das Ergebnis eines Schockzustands. Dafür sprach auch das unkontrollierte Flüstern des Wortes Satan.

Die Abstriche bestätigten die Erstdiagnose: Die klebrige Flüssigkeit war Sperma. Es gehörte zu fünf verschiedenen Männern! Der Rückschluss war berechtigt, dass Frau Barreto mit Drogen für eine Vergewaltigung gefügig gemacht worden war.

Der schriftliche Bericht schloss mit den Worten: Die Patientin muss mindestens zwei Tage von Verhören verschont bleiben. Er wurde umgehend an die Polizeistellen weitergeleitet.

18.

Die Presse hatte nun eine Riesenstory.
Bencomo erfuhr die Neuigkeit während des Frühstücks. Das Bild über dem Artikel war zwar verfälscht, aber erinnerte ihn sofort an Molina. Er musste seine Kaffeetasse so abrupt abstellen, dass sie überschwappte. Seine Augen verschlangen den Text:

Gestern am frühen Abend fand der Fahrer eines Omnibusses oberhalb von Orotava eine junge Frau am Rande der Landstraße. Sie stand unter Schock und war geistesabwesend. Er informierte per Mobiltelefon die Rettung. In La Paz übergab er die Frau an die Ambulanz. Sie wurde von der Polizei als die Verkäuferin Molina B. aus Puerto identifiziert. Die junge Frau liegt zur Untersuchung im Krankenhaus von La Laguna. Ein Überfall mit Vergewaltigung wird vermutet. Wir berichten weiter ...

Bencomos Hände begannen zu zittern. Molina war das Opfer ihrer schwarzen Messe gewesen, und er hatte sie wie alle anderen geschändet!
Ihre Auswahl dafür war kein Zufall. Gran Tinerfe hatte sich mit ihr an ihm gerächt! Schnell wurde ihm klar, wie rasch die Beamten über Molina auf ihn kommen würden. Er musste zuallererst an sich denken. Was ihn mit der Sekte in Zusammenhang bringen konnte, musste verschwinden! Systematisch begann er seine Wohnung zu durchforsten. Den Haufen, der auf dem Fußboden seines Wohnzimmers anwuchs, packte er in eine Sporttasche und machte sich mit dem Motorrad auf den Weg an den Waldrand. In einem einsam gelegenen Baranco verbrannte er alles, schüttete Wasser in die Asche und verrührte sie zu einem grauen undefinierbaren Brei. Erst als das getan war, wurde er wieder ruhiger.

Es blieb jedoch der unbändige Hass auf Gran Tinerfe. Er brauchte nun ebenfalls Rache!

Für Ramón begann der Tag voller Hektik. Das Haus der Sekte war geortet worden. Die Aufrufe an die Bevölkerung hatten nur vage Informationen gebracht. Sie bezogen sich wiederum nur auf Motorbiker, die Feldwege als Rennstrecke benutzten.

Die Befragung der Postboten hatte ebenfalls nichts ergeben. Das Haus stand zu abgelegen für sie.

Dieser Umstand führte allerdings zur Entdeckung des Sektenhauses. Die weiteren Nachforschungen waren nämlich auf abgelegene Objekte konzentriert worden.

Die Kombination aus Hubschrauberüberflügen und der Auswertung der Google-Earth-Karte rückte fünf Objekte in den Fokus, die von Polizeistreifen abgefahren wurden. Das Haus fiel sofort auf. Es war erkennbar bis vor kurzem genutzt worden und noch nicht lange geräumt. Auf dem Vorhof fanden sich verwischte Reifenabdrücke von Motorrädern. Man hatte versucht, sie zu entfernen. Fußboden und Wände zeigten unter der Prüflampe Blutspuren. Proben davon waren auf dem Weg ins Labor.

Ramón hatte den Telefonbericht aufgeregt verfolgt. Seine grauen Zellen arbeiteten fieberhaft.

»Habt ihr keinerlei Inventar gefunden, irgendwelche kultischen Gegenstände?«

Ein »Nein« war die Antwort.

Er überlegte einen Moment, dann folgerte er: »Inventar muss es aber gegeben haben. Ich halte es für unmöglich, dass dieses Zeug ohne Zeugen in die Stadt verbracht werden konnte. Die Kerle haben bestimmt irgendwo in der Nähe des Hauses ein Versteck. Fordert Suchhunde an, ich komme sofort zu euch.«

Er beeilte sich, und schon nach zwanzig Minuten erreichte er das Haus.

Hundegejaule empfing ihn, die Hundestaffel war schon vor ihm angekommen.

Ramón schaute auf die Fenster. Die Rollladen waren aufgebrochen und Scheiben zerschlagen.

Die Reste des Glases sahen, ungewohnt für die Insel des ewigen Frühlings, wie gezackte Eiszapfen aus.

Die Fenster hatten die Teufelsjünger bestimmt selbst demoliert, um das Haus unbewohnt aussehen zu lassen, dachte er und lobte seine Mitarbeiter dafür, dass sie sich davon nicht hatten täuschen lassen.

Die Beamten ließen die Hunde im Haus Spur aufnehmen. Dann umkreisten die Hundeführer mit ihnen das Grundstück. Eine erfahrene Hündin orientierte sich nicht bergab, sondern suchte mit der Nase am Boden einen Weg querfeldein den Hang hinauf. Ramón entschloss sich, ihr zu folgen. Es ging durch Kartoffelfelder in eine Wiese mit Esskastanien. Nachdem sie passiert war, zog die Hündin aufgeregt an ihrer Leine in Richtung einer vereinzelten Kiefer. Kurz vor dem Waldrand verharrte sie. Erst zog sie nach rechts, dann entschied sie sich für links. Es schien zwei Spuren zu geben.

Die Männer folgten dem Tier, ohne einzugreifen, bis es endgültig vor dichtem Buschwerk anhielt. Die Hündin gab zu erkennen, dass sie am Ziel war. Die Männer begannen, die Gegend abzusuchen. Sie brauchten nur kurze Zeit, um den Felsspalt hinter dem Buschwerk zu entdecken. Sie leuchteten hinein und fanden, was sie gesucht hatten. Der Hundeführer tätschelte sein Tier und sagte: »Brav, meine Alte.« Die Hündin dankte mit Schwanzwedeln und Winseln.

»Wir sollten draußen bleiben und keine Spuren vernichten«, meinte Ramón und hatte schon sein Mobiltelefon in der Hand, um die Spurensicherung herbeizurufen. »Beeilt euch, wir warten am Waldrand«, beendete er das Gespräch.

Vor den Bäumen nahmen sie auf zwei Findlingen Platz und genossen still ihr Erfolgserlebnis. Doch dann erwachte in Ramón schon wieder der Tatendrang. Er musste für den Nachmittag seine Kollegen zusammenrufen. Er erwartete bis dahin den ärztlichen Bericht und die ersten Ergebnisse der Untersuchung des Sektenhauses.

Als die Beamten eintrafen, hatte er in seinem Kopf die wichtigen Punkte bereits vorsortiert: »Dokumentiert alles auf Fotos. Bearbeitet alle Gegenstände, die ihr auch außerhalb der Höhle findet. Nehmt Fingerabdrücke ab und alle anderen Spuren, denen ihr habhaft werden könnt. Gebt sie sofort zur erkennungsdienstlichen Bearbeitung weiter. Ansonsten sind eurer Fantasie keine Grenzen gesetzt.«

Er bekam ein zustimmendes Murmeln zu hören und keine Nachfragen. So machte er sich auf den Weg zurück ins Revier.

Sie trafen um 14 Uhr zusammen. Auch Teresa hatte kommen können. Sabina Delgado, das 16-jährige Nachbarkind, war bereit gewesen, auf Mercedes aufzupassen.

Teresa übernahm den medizinischen Bereich, gab den Arztbericht Wort für Wort wieder und interpretierte ihn: »Dass Molina Barreto an diesem Tag etwas Schreckliches widerfuhr, ist durch die Spuren an ihrem Körper belegt. Die junge Frau war durch Drogen ruhiggestellt. Aber in ihrem Unterbewusstsein, das nur langsam wieder erwacht, hat sie mitbekommen, was ihr angetan wurde und was um sie herum geschah. Dafür spricht, dass das Wort Satan sie so stark beschäftigt. Sie hat es bestimmt vielfach gehört. Wir haben schon früher über schwarze Messen gemutmaßt, in denen Frauen als Lustobjekte dargebracht werden. Dass dabei alle unter Drogen stehen, ist üblich. Insofern werden die Kerle die Begattung ihres Opfers ohne Schuldbewusstsein vorgenommen haben. Es ist bekannt, dass Menschen nach Drogenkonsum Gedächtnisprobleme haben und ihre geistige Leistungsfähigkeit abnimmt. Frau Barretos Sprachlosigkeit ist jedoch noch mehr auf den Schock zurückzuführen, den sie erlitt. Ich glaube, dass die ärztlich angeordnete Ruhepause mit zwei Tagen eher zu kurz angesetzt ist. Wir werden sehen. Das sind die wesentlichen Erkenntnisse.«

Ramón bedankte sich für ihre Zusammenfassung und meinte: »Für mich gibt es keinen Zweifel, dass du die Befragung Frau Barretos am besten vornehmen kannst. Dein Fachwissen und der Umstand, dass du eine Frau bist, prädestinieren dich dafür.«

Teresa liebte ihren Mann für dieses Statement. Es war für sie mit einem

Glücksgefühl verbunden, wie ihre Analysen ohne Diskussion von den anderen zu Eigen gemacht wurden.

Die Ergebnisse der Spurensicherung kommentierte Teniente Morales. Er machte seine Sache genauso überzeugend: »Die Blutspuren stammten nicht von Menschenblut, Gott sei Dank. Sie gehören zu einer Katze und einem Huhn. Während der Messe sind also auch Tiere geopfert worden. Unsere Leute konnten eine Vielzahl von Fingerabdrücken abnehmen. Leider waren nur zwei ihrer Besitzer erkennungsdienstlich erfasst. Es handelt sich um Álvarez Campos und Viktor Vega, beide wohnhaft in La Laguna. Nach ihnen wird bereits gefahndet. Von drei Sektenmitgliedern stimmt die DNA im Sperma mit der überein, die wir in Haaren und anderen Bestandteilen im Haus gefunden haben. Es gibt keinen Zweifel, dass die Tat an Frau Barreto dort begangen wurde. Im Übrigen wurden große Mengen Alkohol gefunden, Rückstände von Drogen und sogar Besteck, um Tattoos zu setzen. Im Haus wurde also eine Messe gefeiert. Ich kann die Einschätzung Teresas bestätigen, dass die Mehrzahl der Teilnehmer high gewesen ist. Ein Band mit Musik, die durch Drogenrausch empfängliche Gemüter in Trance versetzen kann, fanden wir auch.

Die Kerle hatten sogar die Dreistigkeit, die Phasen der Totenschändung und die Zurschaustellung der Leichenteile auf dem Rathausplatz von Orotava auf einem Kamerachip festzuhalten. Nun, wie können wir die Aufklärung vorantreiben? Wir wollen mit allen sichergestellten Gegenständen in die Medien gehen. Vielleicht meldet sich jemand, der Käufer oder Besitzer kennt. Besonders der Ziegenbock und die Satansfigur sind so auffällig, dass sie wiedererkannt werden müssten. Am meisten versprechen wir uns natürlich von dem Verhör der zwei Gesuchten. Dann könnte es möglich werden, den inneren Kreis der Sekte zu identifizieren, alle Namen der Mitglieder zu erfahren und die Taten einzelnen Tätern zuzuordnen.«

»Hoffentlich behältst du damit recht«, unterbrach ihn Ramón mit breitem Lächeln.

»*A Dios rogando y con el mazo dando*« – Gott hilft dem Tüchtigen, war Ramón bemüht, seine Kollegen zu weiterer Kraftanstrengung anzuspornen, und schloss die Sitzung.

19.

In Bencomos Hirn war ein Plan gereift, wie er sich an Gran Tinerfe rächen könnte. Er wusste, dass ihm nur wenig Zeit blieb, bis Molina der Polizei die Spur zu ihm weisen würde. Eile war geboten!
Seine Rache war ihm inzwischen wichtiger als sein eigener Schutz. Dafür zu sorgen, war später noch Zeit.
Er schlug dem Meister per E-Mail ein Treffen vor und machte es dringlich. Er suchte *La Caldera*, ein Naherholungsgebiet unweit der Ortschaft Aguamansa, für das Treffen aus. Der kanarische Kiefernwald umschloss dort einen großen Grillplatz und mehrere Schutzhütten. Von Puerto aus war dieses Ziel über die kurvenreiche Straße zum Teide in etwa einer Stunde erreichbar. Als Zeitpunkt für das Treffen hatte er 18:30 Uhr vorgesehen. Zu dieser Zeit sollte sich der Verkehr zum Teide hinauf wie hinunter bereits beruhigt haben, denn die Wanderer waren bestimmt längst auf dem Rückweg zu ihren Unterkünften. Es war noch hell genug für seinen Plan, und er konnte mit Einsamkeit rechnen.
Gran Tinerfe hatte auf die Einladung lapidar geantwortet: »Ich werde da sein!«

Am gleichen Abend suchte Teresa Molina Barreto in ihrem Krankenzimmer auf. Molina sah blass und gebrechlich aus und zeigte sich äußerst schüchtern. Sie war ungeschminkt und hatte kein Lippenrot aufgelegt. Sie wirkte rein und sauber. Irgendwelchen Drogenkonsum konnte man sich bei ihr schwer vorstellen. Es dunkelte draußen bereits, doch Teresa schaltete im Krankenzimmer kein Licht an. Vielleicht ist es für Frau Barreto einfacher, im Halbdunkel mit mir zu sprechen, dachte sie. Teresa schaute in ihr Gesicht, das im spärlichen Licht zu einem verschwommenen Oval verschmolz. Die Augen waren nur schwarze Löcher, und ihr Mund sah aus wie ein dunkler Strich.

Die Kranke empfing sie schweigend. »Beenden Sie Ihr Schweigen und nicht Ihr Leben«, wendete sich Teresa mit beschwörender Stimme an sie.

»Der Teufel hat mich geholt«, sagte Frau Barreto plötzlich, und dann blieb sie für diesen Abend stumm.

Teresa fühlte sich bestätigt, es war noch zu früh, um Kontakt zu ihr zu finden. Sie streichelte ihr über die Hände und verließ ohne ein weiteres Wort den Raum.

Am nächsten Morgen gelang Morales der Zugriff auf Álvarez Campos und Viktor Vega. Beide trugen auf der Innenseite ihres Oberarms das Tattoo des Asmodi und konnten sich nicht herausreden, der Sekte anzugehören. Nur Viktor Vega war bereit, auszusagen. Campos hingegen suchte Schutz im Schweigen.

Vegas Einlassungen bestanden darin, jede Schuld von sich zu weisen und die Rituale und Zielsetzungen der Sekte zu erklären. »Solche Ziele sind doch nicht verboten«, wiederholte er immer wieder. Er nannte alle Decknamen der anderen Mitglieder. »Es sind Namen großer Guanchenfürsten«, erklärte er. »Ich kenne nur die Decknamen und kann Ihnen den Weg zu den Einzelpersonen nicht zeigen. Nur unser Anführer kennt unsere E-Mail-Adressen und die wirklichen Namen aller Mitglieder. Dessen Deckname ist Gran Tinerfe. Wir haben uns nach seinem ausgeklügelten Sicherheitskonzept immer nur von einem zum Nächsten informiert. Dieser Informationsfluss ist durch die eingetretenen Umstände natürlich unterbrochen.«

Seine Aussagen klangen plausibel, waren aber wenig hilfreich. Den Namen Gran Tinerfe hatte auch Méndez benutzt. Der Tod von Cacanaymo war laut Vegas die Folge eines Unfalls. »Motorradfahren gilt ja generell als gefährlich. Vielleicht war Cacanaymo bekifft«, räumte er ein. Auch der Tod des Kandidaten der Mutprobe war nach seiner Meinung zufällig eingetreten. »Niemand konnte vorhersehen, dass der Neue über die Balustrade stürzte und sich das Genick brach.«

Warum es zur Motorradexplosion und dem Tod des weiteren Kandidaten kam, konnte er sich nicht erklären.

»Das kann ich alles beschwören«, bekräftigte er seine Aussagen. Besonderes Augenmerk legte er auf seine Verteidigung, soweit es Molina Barreto betraf.

»Im Mittelpunkt unseres Treibens steht nun mal Geilheit und Fruchtbarkeit, und das ist nicht strafbar. Natürlich ging ich davon aus, dass sich die Frau uns freiwillig hingab. Das ist nach unseren Regeln Voraussetzung.« Seine Stimme wurde bei dieser Erklärung weinerlich.

Das ärgerte Morales. Er sah bald keinen Grund mehr, ihn weiter zu befragen. Ein zu bestrafendes Geständnis war ausgeblieben. Nun galt es, Gran Tinerfe ausfindig zu machen. Wenn irgendjemand mit Sicherheit strafbare Anordnungen getroffen hatte, dann er. Nur er kannte die Namen der Mitglieder. Hoffentlich konnte Molina Barreto bald dazu beitragen, ihm habhaft zu werden. Vielleicht würde sich auch der Meister selbst in die Bredouille bringen.

Teresas nächster Krankenhausbesuch brachte einen Fortschritt. Molina Barreto war zugänglicher, und einige Erinnerungen waren zurückgekommen.

»Ich bin in all das hineingeschlittert, weil ich mich in Castro González verknallt habe. Er hat mich nach der Arbeit von einem Kumpel zu einer Feier abholen lassen.«

Ihr fiel es immer noch schwer, sich zu artikulieren, und Teresa bohrte nur behutsam nach. Immerhin kannte sie nun schon den Namen des Freundes.

»Hat der Mann auf der Fahrt irgendetwas mit Ihnen gemacht?«, wollte sie wissen.

»Ja, er gab mir einige Pillen, die sollten mich in Stimmung bringen«, flüsterte sie kläglich.

»Warum haben Sie die Pillen so unkritisch eingenommen?«

»*A caballo regalado no se miran los dientes*« – Einem geschenkten Gaul schaut man nicht ins Maul, antwortete Molina deprimiert. »Und ich wollte für Castro in Stimmung sein. Er hatte sie seinem Kumpel für mich mitgegeben.«

»Man sollte misstrauisch sein, wenn Menschen einem weismachen wollen, man könne mit Alkohol oder Pillen Spaß haben«, erwiderte die Psychologin.

»Hinterher ist man immer klüger«, antwortete Molina zerknirscht.

»Was bedeutet der Name Satan für Sie, warum haben Sie ihn immer wieder im Munde geführt?«

Frau Barreto begann am ganzen Körper zu zittern, und Teresa war fast schon so weit, die Befragung abzubrechen. Dann brachte die Patientin doch noch etwas Wichtiges hervor: »Das Wort Satan wurde auf der Feier immer wieder gesungen. Ich kann nicht mehr dazu sagen, die Töne waren ganz weit entrückt ...«

Teresa nickte und lobte Molina sacht für ihr Durchhalten. »Hat Castro schon früher das Wort Satan in den Mund genommen?«

Molina überlegte einen Moment, dann flüsterte sie bestimmt: »Nein. Ich fand allerdings komisch, dass er innen an seinem Oberarm ein Tattoo trug, das ziemlich satanisch aussah. Er wollte mir nichts dazu sagen.«

Wenn es wirklich noch eines Beweises bedurft hätte, dass Castro González zur Sekte gehörte, lag der nun vor. Teresa gab sich zufrieden und verabschiedete sich von der Kranken mit dem Wunsch auf baldige Genesung. Als Fachfrau wusste sie allerdings, dass die nicht so schnell eintreten würde.

Castro González wurde als Bürger von Puerto ausgemacht und sofort in die Fahndung gegeben.

Morales' Leute trafen auf eine leere Wohnung, als sie ihn festnehmen wollten. Der Vogel war ausgeflogen. In seinen Räumen fanden sich nicht einmal Anzeichen für eine Sektenmitgliedschaft. Er hatte wohl alles entsorgt.

20.

Bencomo war auf dem Weg zur Caldera. Er war etwas früher gefahren, um die Örtlichkeiten noch einmal zu inspizieren.
Der Wind wehte ihm scharf ins Gesicht, und es machte Freude, mit dem Motorrad die Kurven zu schneiden. Er dachte nur an seine Rache.
Etwas oberhalb von Aguamansa, direkt hinter der Forellenzucht, erreichte er die Abzweigung zur Caldera. Ein Holzschild wies den Weg, doch er brauchte es nicht für seine Orientierung. Er kannte den Weg auch so.
Nach wenigen Minuten hielt er an dem großen Parkplatz. Er schob sein Motorrad zwischen die Büsche, damit es nicht auffiel, und stieg den Weg hinab zum Grillplatz. Dort war alles, wie er es in Erinnerung hatte.
Es gab mehrere Feuerstellen und Schutzhütten. Auf dem Boden hatte sich eine tiefe Wasserlache gebildet, um die einige größere Steinbrocken lagen.
Das Licht war schon etwas diffus, aber die Sicht würde mindestens noch eine Stunde reichen.
Er entschloss sich zu einer letzten Vorsorgemaßnahme. Wenn ihm wider Erwarten etwas passieren sollte, wollte er Gran Tinerfes Namen, seine Adresse und alle seine Untaten auf einem Zettel bei sich führen. Er setzte sich auf einen der Findlinge und schrieb nieder, was ihm wichtig erschien. Dann verbarg er die Notiz in der kleinen Innentasche seiner Lederjacke und wartete.

Auch Gran Tinerfe hatte sich auf den Weg zur Caldera gemacht. Er hatte sich entschieden, Inmobach mitzunehmen, man wusste ja nicht, wofür eine Begleitung gut sein könnte.

Kurz bevor er den Parkplatz erreichte, ließ er seinen Geliebten absitzen und befahl ihm: »Du bleibst hier zurück und folgst mir nur, wenn ich dich rufe oder wenn du etwas Ungewöhnliches hörst. Spätestens nach einer Stunde suche nach mir, aber bitte sei vorsichtig!«

Sein Günstling nickte. Er blieb nervös zurück, als sich der Meister geräuschlos auf den Weg machte.

Hinter einer großen Kiefer am Rande des Rastplatzes suchte er Deckung und hielt Ausschau nach seinem Widersacher. Er sah ihn in einiger Entfernung vor einer größeren Wasserlache sitzen und beschloss selbstsicher auf ihn zuzugehen. Er wählte dafür einen Pfad, der an der Lache vorbei in die Mulde führte.

Als Bencomo ihn kommen sah, begann sein Blut zu pulsieren und er sah nur noch rot. »*La última gota hace rebasar el vaso*« – Der Tropfen bringt das Fass zum Überlaufen«, dachte er außer sich. Es war an der Zeit, endlich das Beet zu beharken!

»Hättest du deine dreckigen Finger nicht von ihr lassen können?«, schrie er Gran Tinerfe voll Wut entgegen. »Sie war sauber und schön. Sie torkelte nicht besoffen durch die Öffentlichkeit oder schockierte sie mit ordinärem Gehabe, wie die Opfer, die wir sonst ausgewählt haben. Sie stieg nicht ohne Unterwäsche aus einem Auto, sie war einfach nur gut und clean. Sie war doch gar nichts für dich schwule Sau. Hättest du deine Rachegelüste nicht an mir austoben können, oder bin ich zu stark für dich?«

Gran Tinerfe schnaubte verächtlich und ging voll Sarkasmus auf seine Rede ein: »Raufe nie mit einem Schwein, erst recht, wenn es schwul ist! Beide werden schmutzig, und nur dem Schwein gefällt das.«

Bencomo zeigte kein Verständnis für so viel Hintersinn, er stürmte wie ein Stier auf Gran Tinerfe los.

Mit einem Ausfallschritt wie ein Matador ließ der ihn ins Leere laufen. Bencomo stürzte und landete unglücklich mit dem Kopf auf einer Felsspitze. Es sah dabei aus, als durchliefe er die Evolution in der Gegenrichtung: Er stolperte aus dem aufrechten Gang in die Knie, fiel auf alle viere, schlug auf dem Stein auf, und dann lag er leblos da. Der Aufprall auf den Stein hatte ihn handlungsunfähig gemacht, und er blutete heftig aus der Schläfe.

Gran Tinerfe zögerte keinen Moment, den Zustand seines Gegners auszunutzen. Er ging zu dem Bewusstlosen hin, drückte dessen Kopf in das Wasser der Lache, bis Mund und Nase unter der Oberfläche verschwanden. Bencomo war zu weggetreten, um sich zu wehren.

Gran Tinerfe ersäufte ihn erbarmungslos und voll Vorsatz.

Das war Notwehr, befand er schon jetzt als Verteidigung und rief Inmobach herbei.

Als der den leblosen Körper im Wasser sah, in dem sich das Blut langsam ausbreitete, bebte er vor Entsetzen und schaute seinen Liebhaber mit weit aufgerissenen Augen an.

Der reagierte sofort: »Du weißt, dass er mich hierhergerufen hat. Er wollte mich töten. Er kam auf mich zugestürmt wie ein Rammbock. Ich musste ihn niederstrecken, er fiel unglücklich und starb. Meine Gegenwehr war Notwehr.«

Gran Tinerfes Schilderung erfolgte mit Kalkül. Bestimmt konnte ihm Inmobach noch wichtige Zeugendienste leisten.

Der war totenbleich geworden und nickte nur stumm. Er sah ihn ergeben und gutgläubig an. Jeder andere hätte gesagt: »Ich glaube dem Kerl kein Wort!«

Gran Tinerfe fasste ihn am Arm und führte ihn fort. Inmobach folgte ihm willenlos.

»Wir lassen ihn einfach liegen und verschwinden«, erklärte er ihm.

Als sie bei seiner Maschine angelangten, bebte Inmobach immer noch vor Aufregung.

Gran Tinerfe griff in die Satteltasche und fingerte eine Dose Bier heraus. Er öffnete sie an der Lasche und hielt sie Inmobach hin. »Trink, das wird dir guttun.«

Inmobach nahm einige gierige Schlucke, und sein Zittern ließ nach. Sie setzten sich auf das Motorrad und fuhren in die Dämmerung. Niemand hatte sie gesehen.

Vor der Haustür fragte Gran Tinerfe seinen Mitfahrer: »Wo hast du die Bierdose gelassen?«

»Die liegt oben auf dem Waldboden«, antwortete der und ahnte, dass er einen Fehler gemacht hatte.

Gran Tinerfe zeigte, das er längst nicht so cool war, wie er getan hatte. Sein wahres Gesicht kam zum Vorschein: »Vergessen, liegen lassen!«, zischte er wütend. »Du würdest wohl sogar deine Eier vergessen, wenn sie nicht in einem Sack wären!«

Inmobach erschrak und wurde zusehends nachdenklich.

Am nächsten Vormittag wurde Bencomos Leiche von zwei Festlandspaniern gefunden, die in der Caldera wanderten. Die Guardia Civil nahm sofort Ermittlungen auf. Handelte es sich um einen Unfall oder eine Straftat?

Die Beamten blieben unschlüssig und misstrauisch. Auf jeden Fall war der Tod am Fundort eingetreten. Der wurde im weiten Umkreis abgesucht. Dabei fanden sie die liegen gelassene Bierdose und nahmen sie mit.

Im Hospital wurde der Tote entkleidet und untersucht. Der Körper zeigte das Tattoo des Asmodi! Der Mann wurde schnell als der gesuchte Castro González identifiziert. Seine Kleidung wurde ebenfalls untersucht, wenn auch zuletzt. Man fand in einer Innentasche seiner Jacke den Zettel, den das Opfer geschrieben hatte. González hatte darauf auf seinen Mörder hingewiesen! Nun suchten die Beamten mit Hochdruck nach Gran Tinerfe, alias Hermanos Santana. Sie hatten schnellen Erfolg, denn der sah keine Notwendigkeit, sich zu verbergen.

Die Beamten trafen auf ihn und Inmobach in Santanas Wohnung. Sie erfuhren, dass Inmobach im normalen Leben Alvaro Bocos hieß. Beide Männer konnten sich nicht erklären, wie man sie so schnell ausfindig gemacht hatte. Weitere Untersuchungen brachten abschließende Beweise: Alvaro Bocos Fingerabdrücke zeigten Übereinstimmung mit denen auf der Bierdose.

Er war also am Tatort gewesen! Der Zettel hatte schon auf Hermanos Santana verwiesen, nun war Alvaro Bocos Mittäter. Die Beamten beschlossen, die Verhafteten eine Nacht schmoren zu lassen, um sie am nächsten Morgen streng zu verhören.

21.

Ramón und Vincente entschieden, zunächst Alvaro Bocos zu vernehmen. Er war fahrig und nervös und schien über Nacht sturmreif geschossen. Ihm ging das Herrische und Arrogante völlig ab, welches Santana an den Tag legte.

Als Bocos in den Vernehmungsraum geführt wurde, folgte er dem Beamten gottergeben und wartete ängstlich darauf, was geschehen würde.

Ramón richtete das Wort an ihn: »Sie gehören der Teufelssekte an, die wir suchen. Sie tragen an Ihrem Oberarm das Zeichen des Asmodi, deren Erkennungszeichen«, fügte er schnell hinzu, um jegliches Abstreiten von vornherein zu unterbinden.

Der Befragte nickte stumm.

»Bitte sprechen Sie laut und vernehmlich, das Verhör wird aufgezeichnet«, belehrte ihn der Teniente Coronel, und Alvaro Bocos antwortete gehorsam mit einem hörbaren Ja.

Bocos blieb dabei, schnell und bereitwillig zu antworten.

»Waren Sie bei der schwarzen Messe zugegen und haben daran mitgewirkt?«, schob Morales eine nächste Frage nach.

Vor Bocos' Antwort trat ein kurzes Zögern ein, dann hörten die beiden Beamten ein leises Ja und Nein.

»Können Sie uns das näher erklären?«, forderte Ramón ihn auf.

»Ja, ich war bei der Messe dabei, habe bei den Gebeten und Riten mitgewirkt, nur nicht bei dem Geschlechtsverkehr mit der Frau. Ich hielt dem Meister derweilen die Satansbibel.«

»Warum sollen wir Ihnen das glauben?« Ramóns Miene zeigte Skepsis. In ihm stieg Groll auf, weil Bocos anscheinend beginnen wollte, seine Schuld zu beschönigen. Aber vielleicht war es ja auch die Wahrheit.

Bocos nächste Antwort war glaubhaft: »Ich verspüre keine Liebe zu Frauen. Ich liebe vielmehr unseren Meister«, antwortete er schlicht.

Ramón und Vincente sahen sich betroffen an. Als Ramón wieder zu dem Befragten blickte, fiel ihm etwas an ihm auf: Alvaro Bocos trug ein seltsames Amulett. Ramón betrachtete es interessiert und fragte: »Was tragen Sie da um den Hals?«

»Das ist ein Amulett mit einem Tropfen Blut meines Freundes im Inneren.«

Aha, Blutsbrüderrituale gibt es dort auch, dachte Ramón, ließ sich aber seine Gedanken nicht anmerken. Er wollte die Bereitschaft Bocos' nicht mindern, sich mitzuteilen.

»Was haben Sie in der Caldera gemacht?«, wechselte er das Thema. Nun zeigte Bocos Verblüffung.

»Bleiben Sie bei der Wahrheit, das kann Ihnen nur helfen«, ermahnte ihn Ramón. »Wir fanden dort ihre Fingerabdrücke auf einer Bierdose.«

Bocos durchfuhr ein heftiger Schreck. Gran Tinerfe hatte also recht behalten, er hatte mit seiner Unachtsamkeit eine fatale Spur gelegt!

»Ich habe mich dort mit unserem Mitglied Bencomo getroffen. Er hat meine Liebe zu unserem Meister durchschaut und mich andauernd verhöhnt und bedroht. Ich suchte eine Aussprache mit ihm.«

Ramón und Vincente waren vom Wahrheitsgehalt der Aussage nicht ganz überzeugt, doch sie gingen zunächst darauf ein: »Und was geschah dann?«, wollten sie wissen.

»Bencomo reagierte so brutal, wie er es immer tat. Er beschimpfte mich als schwules Schwein, und dann wollte er handgreiflich werden. Mir blieb nur ein kurzer Moment für eine Gegenwehr. Ich ergriff einen Stein und schlug ihm damit oben auf den Kopf. Er brach zusammen, und ich floh.«

Nun wussten die beiden Beamten, dass Bocos die Unwahrheit sagte: Ein Schlag, wenn er überhaupt ausgeführt worden war, hatte Bencomo an der Schläfe getroffen.

»Waren Sie mit Bencomo allein dort?«

Ein zu schnelles Ja bestätigte ihre Vermutung.

»Das entspricht nicht der Wahrheit«, belehrte ihn Ramón. »Wir haben auch die Fingerabdrücke Ihres Geliebten auf der Dose gefunden.«

In Bocos Gehirn drehten sich die Gedanken wie ein Karussell, dann entschied er sich zu einer, wie er glaubte, passenden Erklärung: »Die Dose war aus seinem Kühlschrank.« Danach fiel Bocos in Schweigen.

Das Verhör wurde beendet. Die Beamten benötigten eine Denkpause. Ramón und Vincente saßen zusammen und besprachen sich. Morales fasste das Ergebnis zusammen: »Er war es nicht, ich habe Santana in Verdacht. Den müssen wir nun in die Mangel nehmen. Ich sage aber jetzt schon voraus, es wird schwierig werden, ihn zu knacken. Schwieriger als Fort Knox.« Ramón stimmte ihm zu. Sie vertagten den Fortgang des Verhörs.

Das Problem beschäftigte Ramón immer noch, als er abends mit Teresa zusammen war.

Die hörte ihm aufmerksam zu und bestätigte in ihrer unnachahmlichen Art seine Einschätzung, dass die Lösung bei Santana gesucht werden müsse: »Der Psychoanalytiker Erich Fromm, ein kritischer Nachfolger Siegmund Freuds, sah im Bedürfnis nach Orientierung und Hingabe einen wesentlichen Bestandteil des menschlichen Daseins. Diese Hingabe ist bei Bocos für Santana gegeben und Grundlage für ihn, Santana zu schützen. Er tut es aber auch aus Selbstschutz, denn er will diese Hingabemöglichkeit als Bestandteil seines Daseins nicht verlieren. Was wirklich geschehen ist, könnt ihr nur von Santana erfahren.«

Ramón nickte und streichelte versonnen ihre Hand. Welche Abgründe taten sich da auf? Sein Blick ging durch den Raum. An dessen Stirnseite hing ein Kreuz mit dem Corpus Christi. Es zeigte ihm, dass in ihrem kleinen Reich wenigstens noch alles mit rechten Dingen zuging.

22.

Hermanos Santana saß in seiner Zelle und grübelte unentwegt darüber nach, wie die Beamten zu ihm gefunden hatten. Hatte Bencomo mit seiner Schlampe über ihn gesprochen und die hatte geplaudert? Das erschien ihm am wahrscheinlichsten.

Am meisten ärgerte ihn, dass sie Bocos bei ihm gefunden hatten. Der war jetzt seine Schwachstelle. Ansonsten hatte er Vorsicht walten lassen. Nachdem sie das Haus aufgeben mussten, waren auch seine wichtigen Sachen in einem Schließfach verschwunden. Dazu gehörten die Daten der Mitglieder. Es gab nicht einmal einen Schlüssel für das Fach. Es hatte lediglich einen PIN, und der existierte nur in seinem Kopf. In seiner Wohnung hatte er nur einige pseudowissenschaftliche Bücher stehen lassen, um für seine Überzeugung einen seriösen Hintergrund nachzuweisen: Bücher über Wahrsagekunst, zum Beispiel Skiomantie: Wahrsagen aus Schatten, Pyromantie: Wahrsagen aus dem Feuer, Handlesekunst und Sterndeuterei. Damit hatte er sich auch wirklich beschäftigt, um seine Führungsrolle in der Sekte zu stärken. Er hatte alle Möglichkeiten genutzt, die ihn als Meister hervorhuben.

Santana war unruhig. Er konnte das Gefühl nicht verdrängen, die Gegenwart würde seine Zukunft einholen. War der Satanskult nur für einen kurzen Lebensabschnitt eine befriedigende Zwischenwelt gewesen? Das Netz der Ermittlungen hatte sich zugezogen. Er musste sich wappnen, denn er eignete sich nicht zum Märtyrer. Er brauchte einen Plan, der sein künftiges Leben wie bisher garantierte.

Dafür musste er die Vergangenheit sauber abarbeiten und alle Spuren, die zu ihm führten, verwischen. Dazu gehörte auf jeden Fall seine Beziehung zu Bocos. Ihr Verhältnis war noch jung, aber schon ziemlich kaputt.

Er hatte bei Alvaro alles erreicht, was ihn reizte. Inzwischen überwog die Langeweile des *Business as usual*. Bocos war für ihn austauschbar geworden. Diesen Gedanken störte der Beamte, der ihn zur Vernehmung holte. Es waren zwei Polizisten, die ihm gegenübersaßen.

Vincente Morales und Ramón Martin wollten sich die schwierige Aufgabe teilen.

Für einen Moment herrschte Schweigen, dann nahm Ramón das Wort: »Sie sind also der Meister der Teufelssekte?«, fragte er ihn.

»Wer sagt das?«, knurrte der Gefragte mürrisch zurück.

»Señor Bocos, ihr Geliebter«, fuhr ihm Morales über den Mund.

Santana zuckte zusammen und zischte böse: »Diese dumme Plaudertasche!«

»Sie sind uns noch eine Antwort schuldig«, hakte Ramón nach.

»Nun gut, die Vereinigung und ihre Ideale waren meine Idee. Bald haben sich Interessenten gefunden. Die meisten von ihnen wollten einfach nur dominiert werden.«

»Die Aufgabe des Dominierens haben Sie dann dankbar aufgegriffen«, murmelte Morales vor sich hin. »Nennen Sie uns bitte Namen und Adressen der Mitläufer.«

Ein höhnisches Lächeln ging über Santanas Züge, er war heilfroh, dass er die Listen beiseitegeschafft hatte.

Nun konnte er sich mit der vereinbarten Ausrede verteidigen: »Wir kennen gegenseitig nur unsere Decknamen. Unsere Informationen flossen von einer E-Mail-Box zur nächsten. Selbst mir sind deshalb nicht alle Namen bekannt. Diese Verfahrensweise habe ich als Vorsichtsmaßnahme eingeführt«, erklärte er stolz.

Ramón und Vincente schenkten ihm keinen Glauben, konnten ihm aber das Gegenteil nicht beweisen.

»Sie haben Señor Méndez zum Mord an einer Engländerin angestiftet. Er hat es uns erzählt.«

»Ich kenne den Fall aus der Zeitung, doch habe ich nichts mit ihm zu tun. Glauben Sie etwa einem Irren mehr als mir?«, antwortete Santana vorwurfsvoll.

»Dann geben Sie wenigstens zu, dass Sie Ihre Anhänger mit Drogen versorgt haben«, forderte ihn Morales verärgert auf.

»Wer behauptet nun das schon wieder?«, wollte Santana wissen. Er stellte diese Frage voller Spott in der Stimme, wusste er doch, dass sein Kontaktmann ermordet worden war. Danach führte keine Spur mehr von ihm zu den Drogenhändlern hin.

»Bocos hat uns von Ihrer Feindschaft zu Bencomo berichtet«, wechselte Ramón das Thema. »Dessen Freundin war das letzte Opfer bei ihrer schwarzen Messe. War das ein Racheakt von Ihnen?«

Santana war wütend über den geschwätzigen Bocos, doch er antwortete kühl: »Racheakt wofür? Ich habe keine Ahnung und auch niemanden zu etwas gezwungen. Bencomo hat wahrscheinlich selbst seine Kleine überzeugt, das Opfer bei unserer Messe zu sein. Wir legen Wert auf Freiwilligkeit.« Santanas Stimme war fest und wollte keinen Zweifel aufkommen lassen. Er freute sich diebisch, dass er die Schuld so einfach dem verhassten Toten zuschieben konnte.

Ramón versuchte es nun mit einem Überraschungsangriff: »Bencomo ist tot.«

Santana zog die Stirn in Falten und antwortete mit einem vorsichtigen »So?«.

Als diesem Wort nichts folgte, legte Ramón nach: »Señor Bocos hat die Schuld für dessen Ableben auf sich genommen.«

Nach einer kurzen Überlegungspause kam eiskalt zurück: »Dann ist ja alles geklärt. Warum halten Sie mich dann noch fest?«

Santana ist noch lange nicht weich genug gekocht, um einzuknicken, dachte Ramón zerknirscht.

»Ich muss wieder den Meister spielen«, motivierte sich derweilen sein Gegenüber und meinte: »Ich bestimme jetzt, dass nichts mehr zu sagen ist. Sie sind nicht Heinrich VIII. und ich behalte meinen Kopf.«

Er schloss die Augen und summte ganz weit weggetreten eine traurige Melodie.

Die beiden Beamten erkannten, dass sie zurzeit keine Chance hatten, ein Geständnis zu erreichen. Für heute beschlossen sie aufzugeben, die beiden Gefangenen aber, so lange wie gesetzlich möglich, in Gewahrsam zu halten.

»Vielleicht findet Teresa Zugang zu ihm«, meinte Ramón, als sie wieder allein waren.

Sie gaben ihren Kollegen die Anweisung, Santana und Bocos auf keinen Fall in einer Zelle zusammenzustecken.

23.

Teresa versuchte eine Annäherung an Santana. Sie sprach die Umstände des Todes von Bencomo an: »Haben Sie darüber nachgedacht, wie es ist, wenn man erkennt, dass man nichts mehr verbergen kann, dass es keinen Baum mehr gibt, hinter dem man sich verstecken kann?«

»Alles in meinem Leben ging viel zu schnell, um darüber nachzudenken, und heute verdränge ich das lieber«, erwiderte Santana. Er war froh, es mit einer Frau zu tun zu haben. Frauen waren immer unterlegen, dachte er.

Doch Teresa fuhr unbekümmert fort: »Sie lieben den Täter. Dann haben Sie sicher das Bedürfnis, mit ihm zu fühlen. Der hat noch nicht erkannt, was er sich mit einem Geständnis in seinen jungen Jahren antut. Ein gestohlenes Leben wird die Folge sein.«

Santana kam etwas aus dem Konzept. Was sollte das?

»Was heißt hier lieben? Durch Mitgefühl kann ich sein weiteres Leben auch nicht verbessern.«

»Vielleicht wenn Sie wenigstens Beihilfe am Mord an Bencomo eingestehen?«

»Was heißt Beihilfe? Ich glaube, Sie wollen mir was anhängen. Beihilfe gibt es nicht. Es kann doch nur einer zugeschlagen haben, oder glauben Sie, ich habe ihm die Hand geführt?«

Im selben Augenblick wurde ihm klar, dass er von etwas gesprochen hatte, was er gar nicht wissen durfte. Niemand hatte von Erschlagen gesprochen!

Teresa hatte seine Erkenntnis registriert, ging aber darüber hinweg.

»Normalerweise sagt man mir psychologisch ausgeklügelten Wortwitz nach, aber sie übertreffen mich«, antwortete sie stattdessen.

»Ich sehe keinen Wortwitz darin, wenn ich mich gegen Ungerechtigkeiten wehre.«

»Standen Sie unter Drogen? Wussten Sie vielleicht nicht, was Sie taten, oder haben Sie aus Angst getötet?«, unternahm sie einen neuen Anlauf.

»Wenn es mir hilft.« Er grinste. »Es ist ein ätzendes Gefühl, wie Sie mich zu leimen versuchen, fast wie Sodbrennen.« Er entschied sich für eine aggressive Gegenfrage: »Sie haben sich also Ihre Meinung über die Schuldfrage gebildet?«

Teresa wusste, dass ein Ja das Ende des Gesprächs bedeuten würde. Darum entschloss sie sich, eine Kurve zu drehen: »Sie würden doch sicher gern wieder den Meister spielen. Treten Sie so auf, übernehmen Sie Verantwortung und erzählen mir, was wirklich geschah.«

»Ich habe nichts zu erzählen«, antwortete Santana bissig.

Teresa hatte mit mehr gerechnet. Wie schaffe ich nur den Durchbruch?, fragte sie sich verzweifelt.

Santana zeigte sich sichtlich zufrieden, als er abgeführt wurde. Der Kerl ist ein unbelehrbarer Psychopath, dachte Teresa enttäuscht.

Den Abend mit Ramón füllte Santana gänzlich aus. Sie wurden sich einig, dass Bocos für Santana die Schwachstelle war. Sie mussten ihn am nächsten Tag noch mal hart bedrängen. Aus der Erkenntnis erwuchs in Teresa ein erfolgversprechender Plan.

»Du erinnerst dich sicher daran, dass ich davon sprach, Bocos würde nur seinen Emotionen folgen und seinen Verstand ausblenden, wenn er Santana schützt?« Ramón bestätigte das. »Dieses Verhaltensmuster könnten wir vielleicht für uns nutzen. Wenn es uns gelingt, in ihm Wut gegen den Geliebten zu erzeugen, würde wiederum nur sein Gefühl sein Handeln bestimmen. Ein Relais in seinem Kopf würde umklappen von rationalem auf emotionales Verhalten. Dann hätten wir die Chance, dass er uns endlich die Wahrheit sagt.«

Ramón überzeugte die Überlegung. »Ich bin sicher, dir wird über Nacht der richtige Auslöser einfallen«, sagte er und nahm sie in seine Arme.

Am Morgen hatte Teresa die Lösung gefunden und stellte sie Ramón vor: »Wir werden Bocos draußen vor das blinde Fenster des Verhörraums setzen und mithören lassen, wenn ich drinnen Santana verhöre. Ich werde Santana dazu bringen, dass er die schäbigen Äußerungen über seinen Liebhaber wiederholt, und bin mir sicher, Bocos wird so reagieren, wie wir uns das wünschen.«

Ramón sah sie nachdenklich an. »Das wird funktionieren«, sagte er voll Zuversicht. »*Vamos*, wir machen uns auf den Weg ins Untersuchungsgefängnis. Sieh zu, dass du Mercedes irgendwo unterbringst. Ich fordere inzwischen Morales als Verstärkung an.«

Santana wurde in den Verhörraum geführt. Teresa wartete schon auf ihn. Er gab sich unwirsch. Er hatte vor, auch heute nichts einzugestehen. Dann brachte man Bocos herbei, und Morales setzte sich mit ihm vor das blinde Fenster des Verhörraums.

Bocos war verwirrt, er wusste nicht, was er dort sollte. Als Morales den Schalter umgelegt hatte und Bocos Teresa und Santana sah und hörte, während er für sie verborgen blieb, folgte er gebannt deren Gespräch.

»Haben Sie die furchtbare Mordtat des Irren im Süden nicht doch veranlasst?«, begann Teresa das Verhör.

Santana reagierte wütend und antwortete: »Ich kenne den Vorgang nur aus der Zeitung, das sagte ich doch bereits!«

Teresa traktierte ihn mit einer nächsten Frage: »Geben Sie wenigstens zu, bei der Explosion des Motorrads die Hände im Spiel gehabt zu haben?«

»Nada«, antwortete Santana kurz und wandte seinen Kopf gelangweilt ab.

Bocos hörte atemlos zu. Er bewunderte seinen Meister, wie er die Fassung behielt.

»Haben Sie die Freundin von Bencomo herbeischaffen lassen und mit Drogen willig gemacht für die Messe?«

Da konnte sich Santana nicht mehr beherrschen und schrie Teresa an: »Warum quälen Sie mich mit solchem Blödsinn? Was habe ich Ihnen getan? Ich habe bereits alles gesagt. Es bringt nichts, wenn Sie mir immer die gleichen Anschuldigungen vorwerfen. Lassen Sie mich endlich in Ruhe!«

Teresa gab keine Ruhe und reagierte mit einer weiteren Frage: »Wovor haben Sie Angst? Wenn Sie Ruhe haben wollen, sprechen Sie sich endlich Ihre Probleme von der Seele. Ich bin eine gute Zuhörerin und darauf geschult, Lösungen zu finden. Bestimmt auch für Sie.«

Santana schwieg einfach nur.

Teresa wollte ihm aber keine Ruhe gönnen und das Stresskarussell weiter in Gang halten: »Denken Sie wenigstens an Ihren Geliebten. Der nimmt *für Sie* die Schuld am Tod Bencomos auf sich. Wollen Sie sein junges Leben zerstören?«

Nun kam Santana vollends in Rage: »Was heißt Geliebter? Ich habe Ihnen doch gesagt, was ich von dem kleinen Scheißer halte. Gut, ich habe ihn gevögelt, benutzt, aber das ist vorbei und vergessen. Da ist nichts mit Liebe. Bocos kann ruhig entsorgt werden. Für mich ist er bereits tot!«

Bocos war unter jedem dieser Sätze zusammengezuckt. Seine Züge waren blass und schlaff geworden.

Als Santana geendet hatte, hielt ihn nichts mehr auf seinem Stuhl. Er sprang auf, eilte zur Tür und riss sie auf. Als er Santana und Teresa so dicht vor sich sah, stand nur noch blinde Wut vor seinen Augen, und er schrie in den Raum: »*Ja*, ich bezeuge, dass er den Irren angetrieben hat, die Engländerin zu enthaupten! *Ja*, er hat die Explosion des Motorrads und den Tod dessen Besitzers befohlen. *Ja*, er hat die Freundin Bencomos herbeischaffen lassen und mit Drogen für die Messe willig gemacht. Er konnte nicht ertragen, dass Bencomo, anders als er, an dem Umgang mit Frauen Vergnügen fand. *Ja*, er hat Bencomo getötet.«

Als das alles heraus war, fiel er in sich zusammen.

Morales wartete so lange, bis Bocos mit seinem Geschrei zum Ende gekommen war. Erst als der auf Santana zustürmen wollte, griff er ein: »Gut gebrüllt, Löwe!«, sagte er beschwichtigend. »Lassen Sie uns hinausgehen und alles der guten Ordnung halber protokollieren.«

Er zog Bocos aus dem Raum und schloss die Tür.

Santana war fassungslos. Nichts mehr war von dem arroganten Sektenführer übriggeblieben. Er sah blicklos in den Raum und schien Teresa nicht mal mehr zu sehen. Aus dem Meister der teuflischen Zwischenwelt war die jämmerliche Gestalt des täglichen Lebens geworden, die er immer hatte übertünchen wollen. Dann trafen seine Augen doch auf die Psychologin. Noch einmal bäumte er sich auf, aber er suchte mit weinerlicher Stimme nur noch nach Entschuldigungen: »Ich habe doch nur Gutes gewollt! Mein Tun hat vielen Männern einen Lebensinhalt gegeben. Das Verteilen sauberer Drogen war auch besser, als der schmutzige Stoff von der Straße. Mit Bencomo habe ich einen Mörder bestraft. Er hatte den Tod von Cacanaymo bewusst herbeigeführt. Auch dass ich mich von Bocos abgewendet habe, war richtig. Er ist keinen Pfifferling wert, sonst hätte er mich nicht wie Judas verraten.«

Die Dinge, bei denen er schlechtere Karten hatte, verdrängte er in seinem Entschuldigungssermon.

Teresa war entsetzt über so viel Selbstgerechtigkeit. Sie blieb eine Erwiderung schuldig. Santana wurde abgeführt.

Als er schon durch die Tür war, rief sie ihm nach: »Manchmal verliert man, und manchmal gewinnen die anderen!«

Dann hatte sie nur noch einen Wunsch: Nach Hause!

24.

»Den Fall habe ich nun auch gelöst«, sagte Ramón zu Teresa und schaute sie dabei mit Unschuldsmiene an.

Teresa wollte schon auffahren, dann merkte sie, dass sie in eine Falle tappen würde. Ein spöttisches Lächeln huschte über ihr Gesicht und sie antwortete: »Ein Macho begeht Selbstmord, indem er auf sein übergroßes Ego klettert und in die Tiefe springt.«

Danach gab sie dem Gespräch eine positive Wendung: »Mein Liebster, man soll die Feste feiern, wie sie kommen. Ich glaube, wir sollten heute Abend für Mercedes nochmals die Dienste von Sabina Delgado in Anspruch nehmen. Du könntest mich zur Feier des Tages und zum Dank für meine sprühenden Ideen zum Essen ausführen.«

Ramón war sofort einverstanden. Er hatte auch schon eine Vorstellung, wohin es gehen könnte. Er schaute auf die Uhr, es war 19:30 Uhr, das passte.

Er wählte die Nummer des Restaurants *La Cuadra de San Diego* in La Matanza und reservierte einen Tisch für zwei Personen. Er mochte das rustikale Ambiente des ehemaligen Pferdestalls aus dem 17. Jahrhundert.

Die Speisekarte bot raffinierte Tapas und andere ausgesuchte Gaumenfreuden. Auch der Rotwein aus eigenem Anbau war gut. Teresa hatte inzwischen alles mit Sabina geregelt. Mercedes bekam natürlich von beiden noch ein Küsschen.

Der große Parkplatz oberhalb des Lokals beherbergte bereits viele Wagen und zeugte von gutem Besuch. Das Restaurant war hell erleuchtet und das Schild mit dem stilisierten Besteck und dem Namen des Hauses einladend angestrahlt.

Drinnen wurden sie sofort von der gemütlichen Atmosphäre des langgezogenen Raumes vereinnahmt. Die Tische waren weiß eingedeckt, die vielen Grünpflanzen, insbesondere Farne, waren angeleuchtet, und auf den Tischen züngelten Kerzen. Sie zauberten romantische Licht- und Schatteneffekte an die Decke.

Ihr Tisch wurde ihnen von einer höflichen jungen Frau zugewiesen. Mit einem Aperitif des Hauses, der mit einem trockenen *Cava* aufgefüllt war, stießen sie auf einen schönen Abend an.

Die Speisekarte bot Verlockendes, und sie hatten die Qual der Wahl.

Am schnellsten wurden sie sich bei den Vorspeisen einig: *Morcillo dulce*, eine mit Zimt zubereitete Blutwurst mit Mandeleinlage und *Ensalada de espinacas con piñones, bacon y puerros*, Spinatsalat mit Pinienkernen, Speck und Lauch. Die beiden Gerichte wollten sie gemeinsam genießen.

Teresa suchte den zweiten Gang unter Fisch und schwankte zwischen *Bacalao repozado con pisto*, Kabeljau mit einem Mischmasch aus Paprikaschoten, Eiern und Tomaten sowie *Salmón fresco con costra de pan y compota de cebolla dulce*, frischem Lachs mit Brotkruste und süßem Zwiebelmus. Letztlich entschied sie sich für den Lachs.

Ramón tat sich schwer, das richtige Fleischgericht auszuwählen. Ihm stachen *Pavo relleno de castañas, pasas y puré de papas con aceite de oliva*, Pute mit Esskastanien gefüllt, Rosinen und einem Kartoffelpüree mit Olivenöl in der Nase, genauso wie Honigkaninchen mit Kastanien und Kartoffelgratin, *Conejo al la miel con castañas y papas gratinadas*.

Er entschied sich für die besondere Zubereitung des Kaninchens. Beim Rotwein griff er eine Qualitätsstufe höher, als sie der momentane Hauswein bot, und verlangte nach einem unlängst prämierten *Treviña tinto* der Bodega D. Juan E. Luis Bravo und einer Flasche stillen Wassers.

Das Essen war so trefflich, dass sie es schweigend genossen. Ein Dessert wählten sie nur, um ja nichts auszulassen. Hungergefühle hatten sie längst nicht mehr. Teresa wünschte sich Gofioeis mit Palmenhonig, Ramón entschied sich für Vanilleeis mit heißer Schokoladensauce und Mandelsplittern.

Mit der nötigen Bettschwere und zufrieden mit der Welt machten sie sich auf den Weg nach Hause.

Teresa legte ihren Kopf an seine Schulter und murmelte schläfrig: »Das war ein krönendes Finale für einen erfolgreichen Tag.« Ramón durchfuhr ein wohliger Schauer. Auf dem weiteren Weg genossen sie schweigend ihre Zweisamkeit.

Schon am nächsten Tag war Teresa wieder für eine Überraschung gut: »Am Sonntag werden wir das erste Mal mit unserer Kleinen ins Kindertheater gehen«, verkündete sie stolz.

»Was wird gegeben?«, wollte Ramón wissen. Seine Stimme klang etwas gequält, eigentlich war ihm mehr danach, endlich mal wieder die Beine baumeln zu lassen.

»Der Teufel und seine Großmutter!«

»Teufel, ich glaube, du bist verrückt«, entfuhr ihm voller Entsetzen.

»Wieso, warum soll Mercedes nicht wissen, womit ihre Eltern sich beschäftigen?« Teresa grinste ihn an.

Epilog

Die Sektenmitglieder wurden nach und nach identifiziert und inhaftiert. Gran Tinerfe wurde zu lebenslänglicher Haft verurteilt.
Für den Tod von Pedro Simancas büßte auch Alonso Pinto mit gleichem Strafmaß.
Méndez wurde für immer weggesperrt mit anschließender Sicherungsverwahrung. Teresa blieb ihrem Vorsatz treu und betreute ihn weiter.
Wer bei der Grabschändung mitgemacht hatte und bei dem Diebstahl des Jesuskindes oder sich beim Drogenkonsum hervorgetan hatte, konnte nicht mit Sicherheit geklärt werden. Die Mauer des Schweigens unter den Mitgliedern hielt. Die Verhörten kamen nach langwierigen Befragungen wieder auf freien Fuß.
Molina Barreto blieb noch fast ein Jahr arbeitsunfähig. Sie unterzog sich einer psychiatrischen Therapie und konnte erst langsam den erlittenen Schock verdrängen. Sie blieb scheu und vermied künftig alles, was im Entferntesten nach Männern oder Drogen aussah. Castro González, alias Bencomo, blieb ihre heimliche Liebe. Einmal in der Woche ging sie mit einem Blumenstrauß an sein Armengrab.
Nach einiger Zeit lebte der Kontakt zwischen den Sektenmitgliedern wieder auf. Anaterve war der Erste, der ihn suchte. Er litt am meisten unter dem Zerfall der Gemeinschaft. Da er aber zu schwach war, die Gruppe zu führen, wollte er die Mitglieder wenigstens auf eine letzte gemeinsame Tat einschwören. Vorbild sollte der Plan der Hamburger Psychologin und Sektenführerin Heike Fittkau-Garthe sein, die 1998 in Santa Cruz lebte. Sie wollte sich mit ihren Anhängern im Nationalpark des Teide vergiften.
Anaterve scheiterte mit dem Plan genauso wie seinerzeit sein Vorbild. Ihm fehlte die notwendige Überzeugungskraft.

Die Sekte brach endgültig auseinander. Einige Mitglieder schlossen sich anderen Gruppierungen an, von denen es auf der Insel genügend gab. Andere fanden mühsam den Weg zurück ins normale Leben.

Auf der Frühlingsinsel existieren immer noch Sekten. Neben Gutem existiert eben Böses, neben Schönem eben Hässliches!

»Lo más importante no se ve con los ojos sino con el corazón.« Das Wichtige bleibt für die Augen oft unsichtbar. Man sieht nur mit dem Herzen gut.